SUGA
ATSUKO
ESSAY

**CORSIA SHOTEN NO NAKAMATACHI**
by SUGA Atsuko

Copyright ⓒ 1992 by KITAMURA Koichi
All rights reserved.
Original Japanese edition published by Bungeishunju Ltd., in 1992.
Korean translation rights in Korea reserved by MUNHAKDONGNE Publishing Corp.
under the license granted by KITAMURA Koichi, Japan arranged with Bungeishunju
Ltd., through JM Contents Agency Co.

Korean Translation Copyright ⓒ MUNHAKDONGNE Publishing Corp., 2017

이 책의 한국어판 저작권은 JM Contents Agency를 통해
분게이슌주와 독점 계약한 (주)문학동네에 있습니다.
저작권법에 의해 한국 내에서 보호를 받는 저작물이므로
무단 전재 및 무단 복제를 금합니다.

이 도서의 국립중앙도서관 출판예정도서목록(CIP)은
서지정보유통지원시스템 홈페이지(http://seoji.nl.go.kr)와
국가자료종합목록 구축시스템(http://kolis-net.nl.go.kr)에서 이용하실 수 있습니다.
(CIP제어번호: CIP2016027231)

# 코르시아 서점의
# 친구들

*Gli amici della Corsia de' Servi*

스가 아쓰코 에세이 | 송태욱 옮김

**문학동네**

돌과 안개 사이에서, 나는
휴일을 즐긴다. 대성당의
광장에서 쉰다. 별
대신
밤마다, 말에 불이 켜진다

인생만큼,
살아가는 피로를 풀어주는 것은, 없다

—움베르토 사바, 「밀라노」

| 차례 |

입구 옆 의자

테레사 아주머니, 서점 사람들은 그렇게 불렀다. 일흔을 막 넘긴 치아 테레사를 내가 처음 만난 것은 1960년 1월 2일, 제노바에 있는 그녀의 별장에서였다. 밀라노 명문가 출신인 그녀가 리비에라나 토스카나 해안처럼 유명한 피서지가 아니라 항구도시 제노바에 별장을 둔 것이 왠지 어울리지 않았다. 더구나 어찌된 일인지, 그 집에 이틀이나 묵었는데도 건물 외관이 어땠는지 영 기억나지 않는다. 아파트였는지 단독주택이었는지. 밤에는 어떤 침대에서 잤는지도. 제노바에서 그 정도 집이면 분명 바다가 보였을 텐데, 그런 창이 있었는지조차 전혀 기억나지 않는다.

치아 테레사가 밀라노에 있는 코르시아 데이 세르비 서점의 중요한 후원자임은 익히 들어 알고 있었다. 또한 그녀가 세계적으로 유명한 기업의 대주주이고, 지금껏 쭉 독신으로 살아왔다는 것도. 서점활동에 관심이 있던 나에게 그녀의 초대는 눈앞의 문이 처음으로 열리는 듯한 사건이었다.

당시 로마에서 공부하던 나는 전해 여름 런던에서 서점의 지도자 격인 다비드 마리아 투롤도 신부를 만났다. 그는 내년이면 이탈리아로 돌아가니 그때 꼭 서점의 동료들을 소개해주겠다고 했다. 그것이 치아 테레사의 초대로 실현되다니, 하늘을 나는 기분이었다. 당시 투롤도 신부는 정치운동에 열심이라는 이유로 대주교의 노여움을 산 나머지 밀라노에서 추방된 상태였다. 그런데 그 방식이 무척이나 중세적이라, 투롤도 신부는 밀라노 시내가 아닌 '성벽 바깥'은 자유롭게 다닐 수 있었다. 세간의 관심이 식기를 기다리며 일단 런던으로 거처를 옮겼다가, 서점 동료들과 정보를 교환하고 업무도 논의할 겸 제노바에 있는 치아 테레사의 집에서 다 함께 모이기로 한 것이다.

역으로 마중나온 친구들(그날 처음 만난)과 함께 미리 대기하고 있던 운전사 루이지의 차를 타고 치아 테레사의 집으로 향했다. 다달이 남은 생활비를 계산하기 바쁘던 가난한 유학생인 나에게는 그것만으로도 가슴 뛰는 경험이었다. 그런데도 우리가 어떤 집 앞에서 내렸는지는 통 기억나지 않는다.

기억나는 것은 잘 닦인 놋쇠 손잡이가 달린 묵직한 흰색 문과,

그 문을 열자 펼쳐진, 이탈리아풍보다 영국풍에 가까워 보이는 고상한 거실이었다. 수작업으로 염색한 남프랑스산 무명을 아낌없이 사용한 실내장식이 꼭 건축 잡지를 보는 듯했다.

거실에 들어서자 치아 테레사가 일어나 다가와서 손을 내밀었다. 아담한 체구에 은발을 1930년대풍 웨이브로 다듬은 노부인의 손은 뼈마디가 굵고 앙상했다. 보통 악수할 때는 서로 손을 내밀어 마주잡지만, 손등에 키스를 받는 데 익숙한 귀부인들은 손바닥을 아래로 해서 사뿐히 상대의 손에 맡긴다. 치아 테레사의 인사법도 그랬다. 어서 와요. 얘기 많이 들었답니다. 그녀는 어딘가 갈라지는 쇳소리로 말을 건네고서 익숙지 않은 상황에 당황한 나를 큼직하고 또렷한 눈으로 가만히 바라보더니, 마치 거울 앞에 선 백설공주의 계모처럼 참으로 생뚱한 질문을 던졌다.

"나, 어때 보여요?"

말문이 막힌 나의 처지는 전혀 개의치 않고 그녀가 말을 이었다.

"눈이 커서 무서워 보인다고들 해요. 깐깐한 인상이라나."

그녀 뒤에 우뚝 선 덩치 큰 투롤도 신부와 서점 사람들은 치아 테레사의 그런 말투에 익숙한지 웃기만 할 뿐 아무도 거들고 나서지 않았다. 그때 내 표정은 과연 어땠을까.

인사는 그게 전부였다. 일본인을 처음 만나본다는 얘기나 이탈리아 생활이 어떠냐는 질문은 나오지 않았다. 그저 밀라노에서 온 서점 친구들, 서른 즈음의 페피노와 그보다 대여섯 살 많은 가티, 서른두세 살쯤인 루치아, 그리고 투롤도 신부까지, 마치 나는 그 자리에 없는 사람인 양 저들끼리 대화에 빠져들었다.

십일 년 남짓 밀라노에 살면서 가장 좋았던 점이 바로 '나는 그 자리에 없는 양' 굴 수 있다는 것이었는지도 모르겠다. 아직 학생 기분에서 벗어나지 못한 나는 무시당했다거나 무례하다는 생각을 하기보다는 거참 재미있네, 이 사람들이 대체 무슨 얘기를 하는 걸까, 늘 말없이 귀기울이는 쪽이었다. 물론 내가 그들의 깊이 있는 대화를 따라가지 못한 탓도 있지만, 그들이 나를 일본에서 온 손님처럼 대하지 않았다는 뜻이기도 했으므로, 내게는 무척 다행스러운 일이었다.

그해 6월 드디어 로마를 떠나 밀라노에 살게 되면서 조금씩, 아주 조금씩 친구들에게서 치아 테레사의 이야기를 듣게 되었다.

그녀가 대주주로 있는 P가문의 회사는 이탈리아에서 타이어 하면 가장 먼저 떠오르는 대기업이었다. 20세기 초 영국 던롭사에서 고무 기술을 들여와 그녀의 아버지와 형제들이 중심이 되어 사업을 키워나갔다. 그런 그녀가 서점에서는 누군가의 친척이라도 되는 양 테레사 아주머니라고 불린 것은, 아마 미혼임을 드러내는 '시뇨리나(아가씨)'라는 호칭을 그녀 자신이 원치 않왔기 때문이거니와, 무엇보다 예의 회사명을 일일이 언급하기가 거북해서였을 것이다.

아무리 그래도 대기업의 대주주가 투롤도 신부가 이끄는, 가톨릭이지만 좌파 그룹으로 분류되는 코르시아 데이 세르비 서점을 후원한다는 것은 무슨 일이든 자본가의 비위를 맞춰야 하는 밀라노 사회에서 참으로 희한한 일이었다. 거의 발목까지 내려오는 상복 같은 검은색 옷차림에, 딱딱해 보이지만 한눈에도 고급스러운 끈 달린 낮은 구두를 신은(영국 영화에 나오는 몸집 작고 인자한 할머니가 떠오르는) 그녀가 정중하게 짐을 든 운전사 루이지를 대동하고 활동가와 학생, 좌파 인텔리 들이 진을 친 서점으로 들어서는 모습은 영 어울리지 않았다.

투롤도 신부를 비롯한 서점 동료와 친구들은 마치 충절을 맹세한 귀부인을 모시는 중세 기사처럼 그녀를 대했다. 그녀가 서점에 들어서면 곧장 누군가가 어디서 의자를 가져와 입구 쪽 카운터 앞에 놓았다. 들어오자마자 곧바로 의자에 앉는, 혹은 앉혀지는 것만 봐도 치아 테레사는 역시 희한한 손님이었다.

코르시아 데이 세르비 서점은 시내 번화가의 산카를로 성당 일부를 빌려 쓰고 있었다. 창고를 개조한 좁은 공간이었기에 어려움이 많았다. 입구에서 5, 6미터 나아가면 양쪽 벽에 진열창처럼 유리를 댄 통로가 나오고, 매대와 서가는 그곳을 따라 더 안쪽으로 들어가야 나왔다.

그러나 치아 테레사가 직접 안쪽으로 책을 찾으러 가는 일은 거의 없었다. 입구 의자에 앉아 책 제목을 말하거나 이러이러한 사람에게 선물할 책을 찾아달라고 하는 식이었다. 그러면 가게에 있던 루치아나 페피노, 혹은 그 둘의 지시를 받은 점원 로코가 안쪽으로 뛰어들어가 곧바로 책을 집어들고 나타났다. 물론 그녀의 핸드백에서는 현금이 나오지 않는다. 카운터 책상 구석에 수표책을 올려두고 사인을 할 뿐이다(물론 그런 손님이 치아 테레사만은 아니었지만, 그녀는 수표책이 정말 잘 어울렸다). 입구에 의자가 놓여서 뒤에 들어오는 사람의 길을 막아 방해하는 꼴인데도, 그녀는 마치 자기 집 거실에서처럼 차분히 앉아 빙긋 웃으며 오가는 이들의 인사를 받았다.

얼마 뒤 치아 테레사의 조카도 알게 되었다. 니니와 엘레나. 둘 다 중년 부인인데 친자매가 맞나 싶을 만큼 대조적이었다. 니니의 본명은 안나. 니니는 어릴 적 애칭인데, 상류계급이나 속물적인 여자 중에는 평생 그런 애칭으로 불리는 사람이 꽤 있었다(그녀들의 끝없는 잡담에는 어쩌면 그렇게 키키나 치치, 민미 같은 이름이 많이 나오는지). 그 호칭에서는 자기 출신을 과시하는 듯도 하고 그들만의 어리광 같기도 한 뉘앙스가 넌지시 느껴졌다. 니니는 둘 다에 해당했고, 굳이 숨기려 들지도 않았다. 마조레 호숫가에 영지를 소유한 귀족 신분 미망인이었는데, '고타'라는 유럽의 귀족 명부에 이름을 올린 것을 제 존재의 기둥처럼 여겼다. 산업혁명 후 대두한 밀라노의 실업가들은 결혼을 통해 귀족과 혈연관계를 맺는 것이 커다란 꿈이었다. 기존 수입으로는 더이상 광대한 영지를 유지할 수 없게 된 귀족들에게도 실업가와 혼인하는 것이 가장 효과적인 해결책이었다. 니니의 결혼은 그 전형적인 예였는데, 그녀에게는 역사의 캐리커처 같은 자신의 운명을 지적으로 파악할 만한 능력도, 냉소주의도 없었다(밀라노를 중심으로 한 롬바르디아 지방 사람들은 게르만의 피를 이어받았기 때문인지 이탈리아인 특유의 냉소적인 사고방식이 가장 덜하다. 도쿄의 경우와 마찬가지로 그것이 근대 산업 발전의 원동력이 되었음은 두말할 것도 없다). 서로 친근하게 이름으로 부르던 코르시아 서점에서 누가 어쩌다 니니라고 부르기라도 하면, 그녀는 어깨를 으쓱하며 콘테사 어쩌고 하는 남편 성에 자신의 본명을 덧붙여 바로잡아주곤 했다.

남편이었던 백작은 젊을 때 자동차 사고로 죽고, 그녀는 어린 두 딸과 함께 남겨졌다. 그것이 치유할 수 없는 마음의 상처인 모양이었다. 이윽고 성인이 된 큰딸이 마뜩잖은 결혼을 하자 니니 앞에서는 다들 그 얘기를 피했다. 유독 아끼던 둘째딸은 바람대로 귀족과 결혼했고, 니니는 오랫동안 서점에 올 때마다 그들의 결혼사진을 가방에서 꺼내 보여주었다. 회색 모닝코트에 실크해트를 겨드랑이에 낀 멋진 귀족 청년과, 할머니에게 물려받았다는 화려한 레이스 장식 웨딩드레스를 입은 아름다운 신부가 호수를 배경으로 서 있는 사진은 루키노 비스콘티 영화의 한 장면처럼 완벽하고도 공허했다.

둘째딸 결혼식 이후 니니는 마치 소설 속 인물처럼 급격히 술에 빠져들었다. 아침부터 술 냄새를 풍기더라는 소문이 서점에 돌았고, 간경변으로 죽기 얼마 전 서점에서 보았을 때는 초점 없는 눈을 하고 책을 든 손을 미세하게 떨고 있었다. 나는 어깨를 으쓱하던 그 오만한 백작부인이 그리웠다. 그녀는 마지막까지 거만함을 잃지 않길 바랐는데.

치아 테레사의 또다른 조카이자 니니의 여동생인 엘레나는 자식이 일곱 명인가 되었고, 남편은 P가문 회사의 젊고 유능한 중역이라고 했다. 아이들을 키우는 한편 자원봉사자를 모아 노동자나 이민자가 많이 사는 밀라노 교외 지역에서 어린이 방과후 보충수업을 열기도 하고 서점이 여는 사회문제 세미나에 참석하기도 했다. 사교계 교제만으로도 상당히 바쁠 텐데, 언제 봐도 수많은 취미활동과 일을 병행하고 있는 듯했다. 어딘가 결핍된 느낌을 주는 니니에 비해 엘레나는 테니스로 단련된 근육질 몸을 움직여 무겁고 모순에 가득찬 일과를 훌륭하게 소화해냈다. 밀라노 사람들에게서 곧잘 보이는, 자신들이 이탈리아 경제를 책임지고 있다는 확신을 지닌 에너지 넘치는 유형으로, 서점에서 마주쳤을 때 나오는 어머나, 안녕하세요, 하는 밝고 힘찬 목소리마저 왠지 빈틈없이 계산된 인사라는 느낌을 풍겼다. 마치 니니의 비생산성을 고스란히 만회하려 애쓰는 것 같았다. 종교와 사회문제 그리고 인류애까지도 그녀의 내면에서는 모두 같은 차원의 합리성으로 처리되는 듯했다.

다들 엘레나를 두고 '잘한다'고 칭찬했다. 그녀는 상찬에 둘러싸인 채 장남을 의사로 키워냈고, 학력이 떨어지는 둘째딸의 졸업논문은 눈 하나 깜짝 않고 곤궁한 학생에게 대필시켰다. 소박하고 떠들썩한 그녀 집의 식사 자리에 초대받은 내가 와인이 없는 것을 의아해했더니 일찌감치 눈치채고서 우리는 조부 때부터 술을 먹지 않는 것이 전통이에요, 하고 밝게 말했다. 순간 나는 술독에 빠져버린 니니를 떠올렸다. 니니가 간경변에 시달리다 죽었을 때, 나는 그와 대조적으로 건강한 엘레나에게 스스로도 납득할 수 없는 짜증 비슷한 것을 느꼈다.

치아 테레사가 이 두 조카를 어떻게 생각했는지, 나는 거의 아는 바가 없다. 사실 조카 이야기를 하는 모습을 본 적도 별로 없는 것 같다. 그리고 오랜 시간이 흐른 후에야 치아 테레사에게 또 한 명의 조카가 있다는 사실을 알았다.

　조반니 P. 서점 사람들은 그의 이야기는 거의 하지 않았다. 딱
한 번 누군가가 니니와 엘레나에게 그런 형제가 있다고 말해주
었을 뿐이다. 그전에는 전쟁중 레지스탕스 활동을 하다 사형에
처해진 젊은이들의 편지를 엮은 책의 편집자라고만 알고 있었다.
1918년생이니 투롤도 신부 등과 같은 세대일 것이다. 1950년대
초 에이나우디 출판사에서 소설을 몇 권 냈다. 전쟁소설로 분류
될 만한 단편과 스스로 '기업소설'이라고 칭한 장편, 그리고 어
린이를 위해 쓴 책 한 권. 나는 그중 한 권도 본 적 없었다. 그리
고 1972년(내가 이탈리아를 떠난 이듬해)에 제노바에서 자동차
사고로 세상을 떠났다. 니니가 죽은 것이 1960년대 말이었으니
그로부터 얼마 지나지 않아 오십대 중반의 나이로 생을 마친 셈
이다. 아무리 그래도 코르시아 서점에서 그에 대한 이야기가 전
혀 나오지 않았던 이유는 무엇일까?

　그가 밀라노의 보코니 대학을 나왔다는 사실이 가장 먼저 내
상상력을 자극했다. 국립대학의 권위가 강력한 이탈리아에서 상
업·경제대학으로 확고한 위치를 지키고 있는 학교지만, 1960년
대만 해도 전문학교보다 조금 나은 정도였고, 엘리트의 산실과
는 거리가 멀었다. 공부를 싫어한 젊은이였는지도 모른다. 내가
가진 작은 인명사전에는 그가 대학교에서 경제학을 배운 뒤 역

사, 사회학을 연구했다고 적혀 있다. 수많은 지식인이 그랬던 것처럼 그 역시 전시의 레지스탕스를 통해 공산당원이 된 것이 아닐까. 당원이 아니었다 해도 당과 상당히 가까운 환경에 있었을 가능성은 있다. 새로운 관점에서 사회를 바라보고는 아버지 회사를 물려받을 의욕을 잃어버렸는지도 모른다.

당연히 조반니는 가업을 이을 후계자로 모두의 기대를 한몸에 받고 있었으리라. 직계 후손 중 유일한 아들이었으니. 어쩌면 그는 그것을 거부했는지도 모른다. 아니면 가족이나 회사가 그를 거부했는지도. 전부 나 혼자만의 상상에 불과하지만, 이러한 일련의 사건이 코르시아 서점에서 그의 이야기를 지워버렸을 수도 있다. 성실한 P가문 사람들에게 조반니는 검은 양이었으리라. 거기까지 생각이 미치자 나는 엘레나의 강박적인 성실함을 조금이나마 이해할 수 있을 것 같았다. 그녀는 니니뿐만이 아니라 조반니의 몫까지 맡아 P가문을 지켜나가려 했을 것이다.


밀라노에 온 지 일 년 반쯤 지나 나는 서점 일을 맡아보던 페피노와 결혼했다. 이때 가장 기뻐해주고 걱정해준 사람 중 한 명이 치아 테레사였다. 친구의 호의 덕에 우리 주머니 사정으로도 어찌어찌 감당할 수 있을 듯한 집세로 무젤로 거리의 아파트를 빌렸을 때 맨 처음 배달된 것도 치아 테레사의 선물이었다. 등받

이 없는 떡갈나무 앤티크 벤치 두 개와, 역시 19세기 영국의 물
건이라는, 테가 가는 초록색 액자에 든 중국풍의 극채색 새 그림
여섯 장. 둘 다 지중해 연안의 유명한 피서지 라팔로에 있는 그
녀의 별장에 있던 물건이라고 했다. 아아, 역시 그런 곳에 별장
이 있었구나, 하고 나는 그녀를 처음 만났던 제노바의 집을 떠올
렸다. 코르시아 서점에 자본을 대기 위해 라팔로의 별장을 팔았
다는 신화에는 개인적으로 시큰둥했지만. 벤치와 그림은 꽤 넓
은, 그래서 오히려 썰렁해 보이는 우리집 현관에 자리잡고 손님
들을 즐겁게 해주었다.

다음으로 도착한 것은 화려한 그림이 들어간 리샤르 지노리
Richard Ginori(일본에서는 영어식으로 리처드라고 읽지만 무슨
이유인지 이탈리아에서는 프랑스식으로 리샤르로 부른다) 쟁반
에 올려진 크리스털 컵과 물병이었다. 아무리 봐도 우리의 가난
한 세간과 어울리지 않았지만, 부엌의 싸구려 테이블에 올려두
니 집안이 단숨에 환해졌다. 세일 때 샀다며 운전사 루이지가 가
져다주었다. 지노리 상품을 세일할 리가 없는 시즌이었는데도.

그러나 치아 테레사는 그 정도론 성에 차지 않는 모양이었다.
마지막으로 조그마한 그리스도상이 우리에게 왔다. 다갈색 나무
상자에 작은 열쇠가 달려 있고, 찰칵 소리내어 열면 금색 판자 너
머로 그리스도의 커다란 눈과 마주쳤다. 남편이 어느 날 치아 테

레사가 주었다며 서점에서 가져온 것이었다. 그녀의 오빠가 1차 세계대전 때 알바니아에서 발견한 것이라고 한다. 두 사람이 결혼 후 하느님을 잊어버리면 큰일이라는 이유를 댔는데, 아무래도 치아 테레사는 멀리서 온 일본인과 결혼한 페피노가 걱정되는 모양이라고 말하며 함께 웃었다. '알바니아에서 발견했다'는 말이 약탈인지 돈을 주고 샀다는 건지 알 수 없어 약간 찜찜하긴 했지만.

아닌 게 아니라 치아 테레사에게 우리는 참으로 염려되는 부부였을 것이다. 돈 한푼 없을뿐더러 가구도 제대로 갖추지 못한 집에서 책만 읽고 책 이야기만 하고 있었으니. 서점 친구들 중 우리의 경제 사정을 가족처럼 걱정해준 사람이 치아 테레사만은 아니었다. 하지만 그녀의 투명한 선의는 받는 이의 마음을 늘 풍요롭게 해주었다. 그녀의 선물들에 나는 순수하게 기뻐했다.

몇 번 만나니 치아 테레사가 서점 동료들의 정치적 논쟁에 전혀 흥미가 없다는 사실을 알게 되었다. 그녀는 그저 투롤도 신부가 주장하는 넓은 의미의 인류애를 신조로 삼고 있을 뿐이었다. 투롤도 신부를 위해서라면 지금 사는 저택도 팔지 모른다고 친구들은 말했고, 곧잘 흥분하는 투롤도 신부를 진정시키려고 치아 테레사의 이름을 들먹이기도 했다. 그렇게 하면 치아 테레사에게 미안하잖아요. 이 한마디에 난폭한 투롤도 신부가 그런가, 하며 얼굴을 붉히고, 마치 위협당한 사이비 무사처럼 순식간에 입을 다무는 광경을 몇 번이나 목격했다. 신기했던 것은 그렇게 특별 대접을 받던 치아 테레사에게서 신부에게 돈을 쏟아붓는 노처녀 하면 연상될 만한 음습하고도 히스테릭한 언행이 조금도 보이지 않았다는 사실이다. 그녀는 결코 사람들 앞에서 자기 이야기를 꺼내지 않았고, 언제나 솔직하고 고귀하며 아이처럼 순진했다.

1960년대 말 세상의 흐름에 가담하자는 것이 성당의 표어처 럼 되자 투롤도 신부도 한동안 검고 헐렁한 중세 수도복 대신 스 웨터와 바지 차림으로 나타났다. 어느 날 서점에서 그런 복장으 로 다소 우쭐해 있는 그에게 치아 테레사가 이렇게 못박는 광경 을 본 적 있다. 그렇게 입지 마세요. 보기 흉합니다. 전혀 어울리 지 않아요. 얼굴은 여느 때처럼 웃고 있지만 말투가 어찌나 살벌 한지 옆에 있던 나까지 숨이 막힐 지경이었다. 키가 2미터 가까 운 투롤도 신부는 엇, 하는 신음소리와 함께 변명도 안 되는 말 을 우물거릴 뿐이었다. 한때 밀라노 대성당의 설교단에서 〈인터 내셔널가〉*를 부르며 청중을 사로잡고, 그 때문에 도시에서 추방

---

* 노동자 해방과 사회적 평등의 내용을 담은 민중가요. 파리 코뮌 때 만들어져 수 십 가지 언어로 번역되어 불렸다.

까지 당했던 위풍당당한 투롤도 신부가 풀죽은 모습을 보니, 새삼 치아 테레사가 든든하게 느껴졌다.

눈에 보이건 보이지 않건 끊임없이 그녀의 선의를 느끼고 있던 모든 이의 마음에는 그녀를 하찮은 일에 휩쓸리게 해서는 안 된다는 생각이 확실하게 자리잡고 있었고, 그것이 때때로 브레이크 역할을 했다. 코르시아 서점 사람들에게 치아 테레사는 중세 기사의 귀부인일 뿐 아니라 피노키오 이야기에 나오는 파란 머리 요정 같은 존재였다.

일 년에 한 번 정도 우리는 안눈차타 거리에 있는 그녀의 집으로 점심 초대를 받았다. 친구 카밀로도 곧잘 함께했다. 그는 투롤도의 둘도 없는 친구지만 성격은 대조적이었는데, 나이가 들며 더욱 소극적으로 변해 언제부터인가 밀라노를 떠나 고향인 산골 마을에 살고 있었다. 밀라노에 오면 서점을 근거지로 해 사람들을 만나고 다녔는데, 과묵하고 명석한 카밀로 앞에서는 다들 신중하게 이야기하는 모습이 나는 좋았다. 서점에서 우리가 치아 테레사의 집에 초대받았다는 얘기를 들으면 자기도 가겠다고 직접 그녀에게 전화를 걸고는 데꺽 따라왔다. 우유부단함의 화신과도 같은 카밀로가 무언가를 간단히 결정하는 흔치 않은 모습이었다.

치아 테레사의 집은 만초니 거리에서 왼쪽으로 들어간, 그다지 넓지 않은 안눈차타 거리에 있었다. 서점에서는 늘 걸어서 간 것 같다. 확실히 기억나지 않는 것은 늘 누군가를 따라갔기 때문이다.

엘리베이터를 타고 4층인가 5층까지 올라가야 했는데, 그녀의 조카 엘레나의 집이 바로 아래층이었다. 각 층에 한 가구가 사는 아파트고 엘리베이터 문이 열리면 바로 실내가 나오는 구조라서, 우리는 층수 버튼을 누를 때마다 예전에 누군가가 엘레나의 집으로 잘못 들어갔다는 실수담을 떠올리며 긴장했다.

우리가 안내받은 곳은 널찍한 들창이 난 거실 겸 식당이었다. 아마 같은 건축가가 디자인한 듯, 제노바 집의 거실처럼 프로방스산 목면이 존재감을 자랑했다. 제노바 집과 다른 점이라면 내가 창밖의 풍경을 또렷이 기억한다는 점이다. 분명히 겨울에 간 적도 있었는데, 내 기억에 남아 있는 것은 불타오르듯 눈앞을 메운 정원 나무들의 녹음이었다. 길에서 보이는 외관은 평범하지만 안쪽에 의외로 아름다운 뜰을 숨기고 있는 건물들은 유럽에서 나를 놀라게 한 것 중 하나였다. 안눈차타 거리 역시 고급스럽긴 해도 밀라노 중심부의 일반적인 도로와 다르지 않은 지극히 평범한 거리인데, 치아 테레사의 집 창문에서 내려다본 광경은 밀라노 도심이라는 사실을 까맣게 잊을 만큼 녹음으로 가득

했다. 지금 지도를 보면 아니나 다를까 안눈차타 거리 뒤에 페레고 정원이라는 녹지가 자리잡고 있다. 즉 그 녹음은 워낙에 좋은 입지 덕분이었는데, 당시 나는 이유를 물어볼 생각도 하지 않고, P가문의 재력이라면 뭐든지 가능할 거라는 선입견 때문인지, 기적처럼 넘실거리는 그 녹음도 그다지 신기하게 느끼지 않았다.

치아 테레사의 집 거실의 오른쪽 벽엔 붙박이 책장이 있었다. 화려한 금색 글자가 박힌 책들이 늘어선 가운데, 눈속임으로 책을 꽂아 사각형 문을 감춰둔 칸이 있었는데, 문을 열면 안에 텔레비전이 들어 있었다. 카밀로는 그 장치를 재미있어하며 매번 허락을 구하고 문을 열어보았다. 책을 둔 척하고 텔레비전을 넣어두다니, 치아 테레사도 여간 아니야, 하면서. 그때마다 치아 테레사는 못된 장난을 하다 들킨 소녀처럼 얼굴을 붉히며 알았으니까 그만 닫아, 하고 기어들어가는 목소리로 열심히 맞대응했다.

치아 테레사의 식탁에는 리소토라는 쌀 요리가 자주 나왔다. 사프란 향기가 어렴풋이 감도는 노란 리소토는 쌀을 자주 먹는 밀라노의 대표 요리로 꼽혔다. 훌륭한 식기와 근사한 리넨이 깔린 식탁에 그 요리가 오르면 아아, 올해도 다 함께 치아 테레사의 집에 모였구나, 하는 생각과 더불어 안도감이 들었다. 리소토 대신 치즈 수플레가 나올 때도 있었는데 카밀로가 무척 좋아하는 것이라, 치아 테레사는 요리사 모자처럼 부풀어오른 수플레에 제일 처음 나이프를 대는 역할을 매번 웃으면서 카밀로에게 맡겼다.

식사 때는 운전사 루이지가 흰색 제복을 입고 급사 노릇을 했다. 평소에는 아무렇지 않은데 그때만은 흰 장갑을 낀 루이지가 약간 거북살스러웠다. 어느 날 카밀로가 리소토를 자기 접시에 듬뿍 덜었더니 그가 나직하게 "너무 많습니다" 하며 나무랐다는 무서운 이야기를 다들 알고 있었기 때문이다.

디저트로는 늘 아이스크림이 나왔다. 아마 우리 부부가 마지막으로 그녀의 집에 초대받았을 때일 것이다. 자리를 함께한 남자들이 정치적인 주제로 한창 논쟁을 벌이는 가운데 치아 테레사가 문득 나를 보고 말했다. 정말, 아이스크림은 왜 이렇게 맛있는 걸까요? 나는 아이스크림만 있으면 다른 건 하나도 필요 없을 것 같아요. 한 번만이라도 좋으니, 처음부터 끝까지 아이스크림만 나오는 저녁식사를 해보고 싶어요.

먹보 파란 머리 요정의 말에 나는 웃음을 참을 수 없었다. 눈은 웃고 있었지만 그녀의 목소리는 꽤나 진지했다. 지금도 아이스크림을 먹을 때면 프랑스혁명 당시의 마리 앙투아네트처럼 엉뚱했던 치아 테레사의 고백이 떠오른다.

치아 테레사는 그후로도 쭉 코르시아 데이 세르비 서점의 청아한 요정 자리를 지켰다. 그러나 1967년 나의 남편 페피노가 세상을 떠난 후, 중국 문화대혁명의 여파로 유럽 젊은이들을 동요시킨 혁신운동이 서점에 해일처럼 밀어닥쳐 눈 깜짝할 사이 모든 것을 집어삼켰다. 기성의 가치가 하나하나 무참하게 깨져나가고 우정보다 정치가 우선인 악몽 같은 나날이 시작되었다. 서점은 교류의 장보다 투쟁의 장이 되기를 택했고, 사색보다 행동을, 타협보다 엄정함을 택했다. 끝내 서점을 도심에서 퇴거하기로 결정했을 때 여든을 막 넘긴 그녀가 우리의 얼굴을 알아보지 못할 정도로 노쇠해버린 것은 그녀에게나 우리에게나 다행이었는지도 모른다. 볼 발간 젊은이들이 이전 준비에 여념이 없는 코르시아 데이 세르비 서점에서는, 일을 마치고 돌아가는 길에 들러 잡담을 나누는 친구들의 모습을 더는 찾아볼 수 없었다. 허버트 마르쿠제와 체 게바라의 이론이 소용돌이치는 가운데 누가 치아 테레사의 조용하고 사려 깊은 용기를 기억하고 있었을까.

입구 옆, 누가 놓아두었는지 모를 의자에 앉아 어렴풋이 웃고 있는 치아 테레사. 그것이 일본으로 돌아가기로 한 내가 마지막으로 본 모습이었다. 서점에 들른 중년의 친구가 가끔 인사를 건네면 그녀는 예의 약간 쉰 듯한, 그러나 예전 같은 활기는 사라져버린 목소리로 정중하게 물었다. 어머, 누구시더라.

빛을 잃은 치아 테레사의 커다란 눈이 허공을 더듬고, 뼈마디가 두드러진 손이 작은 레이스 손수건을 쥔 채 무릎 위에서 희미하게 떨리고 있었다.

은빛 밤

온통 흰 눈으로 덮인 세상. 이세이 미야케풍의 낙낙한 검은색 옷을 입은 남자 몇 명이 얼음 위에서 스케이트를 탄다. 가운데 둘은 즐겁게 웃고, 한 사람은 정면을 다른 한 사람은 옆을 보고 있다. 두 사람의 망토가 절묘하게 삼각형을 그리며 바람에 나부낀다. 뒤편 오른쪽 구석에는 역시 검은색인 털방울 모자를 쓴 남자가 몸을 반으로 접다시피 하고 저쪽으로 미끄러져간다. 각도 탓인지 잘 깎은 연필처럼 뾰족해 보이는 모자가 속도감이 느껴지는 남자의 자세와 어우러져서 꼭 장난치다 들켜 도망가는 작은 악마 같은 모습이라 기묘한 재미를 준다.

이 흑백사진 엽서를 대학 동료 연구실 책장에서 발견한 것은 막 여름방학에 들어선 무렵이었다. 구도나 각도도 재미있지만 인물들의 정체가 통 짐작이 가지 않아 미국인 동료에게 어디서 온 엽서냐고 물어보았다. 응? 그렇게 되물은 그녀가 이내 뒷면을 봐, 졸업하고 스위스로 돌아간 학생이 보낸 거야, 하고 알려주었다. 고개를 끄덕이며 엽서를 넘겨보다 깜짝 놀랐다. 뒷면에 마리오 자코멜리라는 사진가의 이름과 함께 이런 시가 적혀 있었다.

나에게는 손이 없네
부드럽게 얼굴을 쓰다듬어줄……

나도 잘 아는, 익숙한 길처럼 내 안에 줄곧 자리잡고 있던 시구가 아닌가. 우리 부부의 둘도 없는 친구였던 다비드 마리아 투롤도의 첫 시집 첫머리였다.

엽서를 다시 자세히 살펴보니 이세이 미야케풍이라 생각했던 옷은 수도복이었다. 그리고 정면에 보이는, 얼굴은 웃고 있지만 약간 무서운 듯 발밑을 보는 사람은 분명 (내가 모르는) 젊은 시절의 다비드 마리아 투롤도였다. 옆을 보는 안경 낀 사람은 그의 친구 카밀로 데 피아츠다.

이탈리아, 시, 하물며 나와 남편의 과거와도 아무런 인연이 없는 도쿄의 동료 연구실에서 이런 사진을 맞닥뜨리자 나는 당황했다. 왜 이런 것이 갑자기 여기 나타났을까. 다비드 마리아 투롤도가 일 년 전부터 중병에 걸려 완치가 요원하다는 사실을 알고 있었기에, 이 신기한 만남이 불길하게만 느껴졌다.

다비드 마리아 투롤도. 사제이자 시인으로 이탈리아에서는 꽤 이름난 인물이다. 1916년 이탈리아 북부 프리울리 지방의 가난한 농가에서 아홉 형제 중 막내로 태어났다. 빵에 찍어 먹을 소금이 귀할 정도로 가난했던 모양이다. 그 시대 그런 집안에서 학문에 뜻을 두려면 수도원에 들어가는 길밖에 없었다. 성인이 된 후에는 밀라노의 가톨릭대학에서 공부하며 인맥을 넓혀나갔다. 전쟁 말기 독일군에 점령당한 밀라노에서 지식인을 중심으로 지하조직 운동을 일으켰고, 종전 후에는 친구 카밀로 데 피아츠를 비롯한 동료들과 함께 도심에 있는 산카를로 성당 일부를 빌려 코르시아 데이 세르비 서점을 열었다.

신을 믿는 자도 믿지 않는 자도
모두 함께 싸웠다

프랑스 저항운동에 바치는 이런 시구가 전후 풍경 속에서 아련한 횃불처럼 빛나던 시절, 기독교의 좁은 틀을 벗어나 인간의 말을 하는 '장場'을 만들자는 것이 코르시아 데이 세르비 서점을 시작한 이들의 이념이었다. 도심 번화가의 성당 안에 공짜로 빌려다시피 한 공간이 있을 뿐 이렇다 할 자금도 없었고, 막 문을 열었을 무렵에는 책을 꽂을 책장마저 변변치 않았다고 한다. 누군가가 집어든 책에 다비드의 메모가 적혀 있었다는 일화도 있다. 개인 장서까지 팔려고 내놓았던 것이다.

줄곧 나는 기다렸네
살짝 젖은
아스팔트의, 이
여름 냄새를
많은 것을 바란 것은 아니라네
그저 아주 조금의 시원함이 오관에 내리기를
기적은 찾아왔네
갈라진 흙덩어리
돌의 신음 저편에서

1945년 4월 25일, 파시스트 정권과 뒤이은 독일군의 압정에서 해방을 쟁취한, 반파시스트 파르티잔에게 잊을 수 없는 그날의 환희를 여름 저녁 도심에 내린 소나기에 빗댄 다비드의 작품이다. 1950년대 초, 굴욕의 나날이 언젠가 끝나리라 굳게 믿고 몸 던져 싸운 세대의 남녀와 그들에 이어 '뒤늦게 도착한' 청년들은 이런 은유에 취하고 동요했다. 그들에게 코르시아 데이 세르비 서점은 작은 등대이자 하나의 기적이었을 것이다.

서점 후원자였던 페데리치 부인은 말했다. 폭격으로 잿더미가 된 밀라노 도심을 다비드와 카밀로가 나란히 씩씩하게 걸어가면 다들 뒤돌아보곤 했어. 어두운 시대를 빠져나와 드디어 환한 불이 켜진 기분이었지.

그러나 종전 후 밀라노가 서서히 부흥하고 안정을 되찾아 일상으로 돌아오자, 교회 당국은 다비드와 카밀로를 목에 걸린 뼈처럼 거슬리는 존재로 여기기 시작했다. 동시에 그들과 한몸이 되어 청년층을 견인하는 코르시아 데이 세르비 서점의 활동에도 신경을 곤두세웠다.

저널리스트들은 다비드와 서점이 속한 그룹의 성향을 가톨릭 좌파라고 칭했다(그들 스스로는 농담하거나 자조할 때 말고는 이 표현을 쓰지 않았다). 그들의 존재는 공업이 특히 발달한 이탈리아 북부의 몇몇 도시와 로마/바티칸에 대항의식이 강한 피렌체 등에서 소규모 출판물과 강연회를 주축으로 부각되기 시작했다. 1950년대 중반의 일이다.

가톨릭 좌파의 사상은 멀게는 13세기, 계급적인 중세 교회제도를 쇄신하려 한 아시시의 프란체스코 등에서 기원을 찾을 수 있는데, 20세기 가톨릭 좌파는 프랑스혁명 이후 등장한 모든 사회제도에 등을 돌리고 완고한 정신주의에 틀어박히려 한 가톨릭 교회를 다시 한번 현대사회 또는 현세에 편입시키려는 운동을 일으켜, 2차 세계대전 후 프랑스에서 최전성기를 맞이했다.

1930년대 성聖과 속俗의 울타리를 없애려 한 '새로운 신학'은 수많은 철학자와 신학자, 프랑수아 모리아크나 조르주 베르나노스 같은 작가, 그리고 실의에 빠진 그리스도를 그려 종교화에 새로운 전기를 마련한 조르주 루오 등을 낳았다. 한편 에마뉘엘 무니에는 이 신학을 일종의 이데올로기로 삼아 사회운동을 밀고 나갔다. 종전 후 그가 저항운동의 경험을 바탕으로 주장한 혁명적 공동체 사상은 1950년대 초 파리 대학을 중심으로 활약한 가톨릭 학생들 사이에 열병처럼 번졌다. 그들은 교회 내부에서 기존 수도원과 구분되는 새로운 공동체를 모색하며 직접적인 실천으로 나아갔다.

아직 다비드를 만나기 전인 1950년대 말, 이탈리아 중부 언덕 위의 도시 아시시에서 휴가를 보내며 같은 수도원에 머물던 다니엘이라는 프랑스 여자와 이 문제에 대해 이야기를 나눈 적이 있다. 나와 동년배인 그녀는 파리의 에콜 노르말 쉬페리외르*에서 철학 논문을 쓰는 중이었다. 수도원 테라스의 로마네스크풍

기둥 사이로 약간 쌀쌀한 바람이 불어오는 여름밤이었다. 길고 숱 많은 금발을 아무렇게나 묶은 다니엘은 산뜻한 목소리로, 자신이 에마뉘엘 무니에가 창간한 『에스프리』지의 열성적인 지지자며 틈틈이 편집 일을 돕고 있다고 했다.

기독교를 기반으로 하는, 더구나 기존의 수도원과는 다른 생활공동체가 과연 존속할 수 있는가. 나 역시 당시 그 문제에 관심이 많았지만, 무니에가 직접 만든 실험적인 공동체가 그가 세상을 떠나기도 전인 1950년에 무너져버렸다는 사실은 구체적인 실현이 얼마나 어려운지 웅변하고 있었다. 다니엘에게는 그에 관한 정보가 있을지도 모른다. 『에스프리』지에 직접 관여해온 그녀와의 만남은 커다란 행운처럼 느껴졌다.

예컨대 잡지를 편집하는 직장이라면 공동체라는 것을 생각할 수도 있다고 다니엘은 말했다. 하지만 그 이상은 절대 불가능해. 젊을 때는 괜찮아도 사람은 나이를 먹으면서 각자의 가능성에 따라 다르게 발전하니까. 그래서 어쩔 수 없이 균열이 생기지. 무니에의 경우도 그랬잖아. 그는 꽤 비관적이었어.

그래도 확실히 매력은 있는걸. 내가 말하자 다니엘도 동의했다. 하지만 흐름을 거스르기란 절대 쉬운 일이 아니야. 그렇게

---

* 프랑스의 교원 양성기관인 국립 고등사범학교.

말하고는 바람에 흐트러지는 머리를 손으로 넘기며 나를 바라보았다.

그후 다시는 다니엘을 만나지 못했고 편지만 몇 통 주고받다가 곧 소식이 끊겼지만, 처음 만난 우리가 그렇게 열성적으로 이야기를 나누었던 밤시간의 배경에는, 1950년대 초 파리 대학을 중심으로 한 뜨거운 가톨릭 학생운동을 경험했다는 공통점이 깔려 있었으리라.

다비드와 동료들의 활동은 프랑스 가톨릭 좌파의 이탈리아 판이라 해도 될 것이다. 코르시아 데이 세르비 서점이 발행한 번역서 목록에는 '새로운 신학' 지도자들의 저서가 즐비했다. 그러나 지적 순수성을 중시하는 프랑스 가톨릭 좌파에 비해(혹은 정교분리의 전통을 지닌 프랑스에 비해), 기독교민주당이라는 가톨릭 정당이 집권당으로 군림하고 있고 종전 후에도 여전히 무솔리니와 바티칸이 체결한 정교합의조약에 구속되어 있던 이탈리아에서는 정부가 종교활동의 자유를 제약하는 정도가 훨씬 심했거니와, 조직적인 행동에 익숙하지 않은 이탈리아인의 기질 탓에, 프랑스처럼 견실한 신학자나 운동을 낳는 데까지는 이르지 못했고, 주도자 중에는 다비드처럼 선동가적인 사람이 많았다.

무니에의 공동체론은 사제와 신도의 구분 없이 모두 하나 되어 유기적인 공동체의 삶을 추구하자는 것이었다. 다비드와 카밀로도 분명 어느 한 시기에 젊은이들의 선두에 서서 그런 그룹을 꿈꾸었을 것이다. 서점의 친구들은 끊임없이 우왕좌왕하면서도, 머릿속으로는 항상 공동체를 생각하고 있었다.

코르시아 데이 세르비 서점에는 주위에서 이들을 떠받치는 커다란 우정의 고리가 있었다. 오후 여섯시가 지나면 하루 일과를 마친 사람들이 차례차례 서점으로 찾아왔다. 작가, 시인, 신문기자, 변호사, 대학교수, 고등학교 선생, 성직자 등. 그중에는 가톨릭 사제도, 프랑코의 압정을 피해 밀라노로 망명한 카탈루냐 수도승도, 왈도파 프로테스탄트 목사도, 유대교 랍비도 있었다. 그리고 한 무리의 젊은이가 있었다. 병역 복무중 파견근무를 핑계로 빠져나와 한구석에서 군복 차림으로 문학 책에 빠져 있던 니노. 부모에게는 비밀로 해달라며 여자친구를 기다리던 고등학생 파스쿠알레. 그런 이들이 귀가 전까지 짧은 시간을 이용해 신간 서적이며 사회 정세에 대해 내키는 대로 의견을 나눈다. 다비드가 와 있는 날도 있고, 카밀로만 있는 날도 있다. 판파니냐 넨니냐 하는 정치 논쟁이 꽃을 피운다. 공산당원이 기독교민주당 골수분자를 호되게 공격한다. 누군가가 중재에 나선다. 안 그래도 좁은 입구 통로가 사람들로 북적이는 통에 서점 안쪽까지 한참 헤치고 들어가야 하는 날도 있었다.

이렇게 여러 층이 뒤섞이는 교류의 장을 교회 당국이 묵인할리 없었다. 1950년부터 1970년대까지 이십여 년간 수많은 젊은이를 키워낸 코르시아 데이 세르비 서점은 거의 정기적으로, 교회가 곧 폐쇄 명령을 내릴 거라는 소문에 시달렸다. 그럴 때마다친구들은 집회를 열어 대책을 강구해야 했다.

그로부터 삼십 년, 도쿄에서 이 글을 쓰고 있자니 서점의 운명에 일희일비하던 그때의 분위기가 마치 '놀이'의 일부처럼 하찮게 여겨진다. 하지만 당시 이탈리아에서 여전히 권좌를 지키고 있던 교회의 결정은 서점 친구들의 사회적 생명을 좌우할 수있는 무게를 지니고 있었다. 다비드와 카밀로도, 용돈 정도도 되지 않는 급료를 받고 서점을 꾸려나가던 루치아와 페피노도, 그리고 출판 부문을 맡고 있던 가티도 각자 삶의 터전에서 유리되어 스스로의 신념을 지키기 위해 헌신하고 있었다. 루치아는 귀족이자 부르주아이자 체제파인 부모와 끊임없이 대립했고, 페피노의 경우 가끔 어머니의 쥐꼬리만한 연금까지 가져다 생활비로써서 눈총을 받았으며, 가티는 원래 직장인 출판사의 상사에게몇 번이나 경고를 받았다.

처음으로 코르시아 데이 세르비 서점에 구체적인 위기가 닥친것은 1958년 봄이었다. 다비드와 카밀로가 거의 같은 시기 밀라노를 떠나도록 교회 당국에서 손을 쓴 것이다. 다비드가 대성당에서 〈인터내셔널가〉를 불러 순진한 젊은 남녀들을 동요시켰다거나 카밀로가 젊은이들에게 『자본론』을 읽혔다는 등 여러 이유가 붙었지만, 사실은 리더 격인 두 사람을 서로 떼어놓음으로써 서점의 '위험한' 활동에 찬물을 끼얹겠다는 교회의 의도임이 불보듯 뻔했다.

　이런 서점이 밀라노에 있다는 것, 그리고 서점을 이끄는 다비드 마리아 투롤도가 가톨릭 사제이자 시인의 등용문으로 통하는 비아레조 문학상 시 부문 당선자라는 사실은 예전부터 알고 있었다. 아직 일본에 있던 무렵 친구 마리아 보트니가 보내준 책과 잡지를 통해서였다. 서점에서 발행한 소책자로 접한 이들의 모습은 순수성을 중시하고 냉철한 두뇌만을 고집하는 프랑스 가톨릭 좌파보다 훨씬 인간적인 듯해 마음이 끌렸다. 내가 이탈리아 유학을 구체적으로 준비하면서 이들과의 만남을 하나의 목표로 삼았음은 두말할 것도 없다.

　1958년 로마에서의 첫 크리스마스를 앞둔 어느 밤, 내 바람을 알고 마리아가 데려간 도시 외곽의 성당에서 다비드를 만났다. 마치 그리스 고전극에 나오는 영웅이나 신이 연상되는 장대한 체격에 나는 깜짝 놀랐다. 길게 기른, 약간 구릿빛이 도는 곧은 금발, 살짝 토라진 듯한 푸른 눈. 그리고 이런 손을 하고서 어떻게 '나에게는 손이 없네'라는 시를 쓸 수 있느냐며 친구들이 놀린, 농민인 부모에게서 물려받은 야구 글러브처럼 커다란 손. 악수를 하자 내 작은 손이 쏙 들어가버리는 것이 재미있는지 다비드는 폭포처럼 웃음을 터뜨렸다. 물이 세차게 쏟아지는 소리를 표현한 '스크로쇼'라는 이탈리아어가 있는데, 그의 웃음소리가 딱 그랬다.

겨우 이십 분 정도로 기억하는 그 시간 동안 무슨 이야기를 어떻게 했던지. 그는 난생처음 만난 일본인과 대화를 나눈다는 데 겸연쩍어했고, 나는 나대로 이 '영웅'과 말을 나눈다는 사실에 긴장해서 목소리도 제대로 나오지 않았다. 그래도 헤어지며 그가 연락처를 물었을 때는 이탈리아에 온 목표 중 하나가 이루어질지 모른다는 생각에 눈앞이 환해지는 기분이었다.

그다음 다비드를 만난 것은 이듬해였다. 여름방학을 맞아 런던에 갔을 때다. 런던에서 만난 다비드는 로마에서 느낀 다소 엄숙한 인상(밤이었기 때문인지도 모른다)과 달리 서투르고 대범하며 자제할 줄 모르고 목소리를 높이는, 어딘가 비뚤어진 로맨티스트였다. 몇 번 만나고 나자 나는 전부터 기대해온 것처럼 현대신학이나 문학에 대한 체계적인 지식을 그에게서 배우기란 거의 불가능하다는 사실을 깨달았다. 그는 어떤 종류의 체계와도

연관이 없는 사람이었다. 안쪽은 여러모로 즐거워 보이는데 입구가 어디인지 알 수 없는 집과도 같은 다비드 앞에서 나는 한동안 갈피를 잡지 못했지만 이윽고 돌파구가 생겼다. 다비드가 런던의 수도원 객실에서 자신의 미발표 시를 함께 읽자는 제안을 한 것이다. 그와 함께 오후 시간을 보내는 동안 나는 미로 같은 유럽의 사고와 감성을 그의 시에 등장하는 단어 하나하나를 통해 더듬어보며 아주 조금이나마 앞길에 서광이 비치는 느낌을 받았다. 시에 나오는 단어를 붙들고 질문을 하면 막연한 대답 안에서 또렷한 감촉을 지닌 사고의 '씨앗'을 찾을 수 있었다.

오늘날 다비드 마리아 투롤도는 몬다도리 같은 대형 출판사에서도 시집을 발간하는, 나름대로 탄탄한 독자층을 지닌 시인이다. 그의 시는 어휘로 보면 자코모 레오파르디의 서정시에서, 형식 면에서는 초기의 주세페 웅가레티에게서 많은 영향을 받았는데, 본인이 그것을 의식하지 않은 것이 약점이기도 하다. 특히 최근 작품은 요설로 흐르며 형식의 취약함이 두드러진다. 런던에 머물 때 내가 그 정도로 그의 시에 경도되었던 이유는 그전에 빠져 있던 샤를 페기와 조르주 베르나노스 같은 이른바 행동적 기독교 문학부터 생텍쥐페리로 이어지는 흐름 속에서 그의 작품을 '영웅'처럼 이상화했을 뿐만 아니라 나 자신이 시에 너무나 무지했기 때문이다. 그러나 중세 기독교의 신비주의 전통이 현대 어휘 속에 다소 바로크적으로 연출된 그의 시, 특히 초기 작품에는 여전히 버리기 힘든 무언가가 있는 것도 사실이다.

런던에서 만난 다비드는 조국에서 추방된 사람치고는 꽤 즐겁게 생활하는 것 같았다. 적어도 내 눈에는 그렇게 보였다. 어느 날 이탈리아에서 찾아온 친구 가브리엘과 셋이서 자크 타티의 영화 〈나의 삼촌〉을 보러 갔다. 이탈리아와 달리 쥐죽은듯 조용한 영화관의 영국인 관객들 사이에서 다비드의 웃음소리가 요란하게 터져나오자, 가브리엘과 나는 그 이탈리아인 특유의 큰 목소리가 부끄러워 움츠러들고 말았다. 더구나 어찌된 일인지 다비드의 웃음소리가 사그라질 무렵 영국인들의 조용한 웃음소리가 잔물결처럼 품위 있게 퍼져나가는 게 아닌가. 다시는 너하고 영화 보나 봐라 하고 가브리엘이 투덜거렸을 만큼, 그리고 이 사람이 이탈리아, 적어도 밀라노에서는 꽤 유명한 시인이라는 사실을 믿기 힘들 만큼 특이한 웃음소리였다.

런던에서 다비드는 가브리엘과 나를 완전히 시골 사람 취급하며 어디를 가든 앞장서서 걸었다. 길을 건널 때도 자, 어서 건너, 하며 굵고 탁한 목소리로 명령을 내렸다. 그전에 움직이면 따끔하게 혼이 났다. 2미터 가까운 장신의 다비드와 한쪽 발을 살짝 끌며 걷는 동안童顔의 가브리엘, 그리고 작고 마른 일본인인 내가 한데 어울려 런던 거리를 걷는 기묘한 광경이야말로 자크 타티 영화의 한 장면 같았을지도 모르겠다.

세번째로 다비드를 만난 것은 제노바에 있는 치아 테레사 집의 아름다운 응접실에서였다. 밀라노에서 서점을 지키고 있던 루치아와 가티, 페피노도 합류했다. 런던에서 건너온 다비드는 서점 사정을 몹시 걱정스러워했다. 그러나 사흘간의 모임에서 서점 이야기는 별로 나오지 않았고, 주된 화제는 다비드의 런던 생활이나 이탈리아, 특히 북부 각지에 흩어져 있는 가톨릭 좌파 친구들의 동향이었다. 비첸차에서 혼자 조그만 출판사를 운영하는 렌초라는 친구가 전국을 여행하며 서점을 둘러본다는데 적어도 밀라노에서는 잘 곳을 마련해주어야 한다는 등의 이야기였다. 그대로 내버려두면 몸이 견디지 못할 거야. 어떻게 손을 써야지 안 그러면 렌초고 책이고 다 엉망이 될걸.

저녁식사 후에는 다비드가 최근 작품을 낭송했다. 그중에는 내가 런던에서 읽었던 시도 있었다. 수사에 까다로운 가티가 이따금 지나간 부분을 다시 한번 읽어달라며 가로막고 음절이나 시행이 흐트러졌다며 트집을 잡았다. 치아 테레사는 한 편 낭독이 끝나면 방금 건 좋았어요, 라든가 이건 좀 그런데, 하면서 조심스럽게 감상을 말했고, 시에 문외한인 루치아는 조금 당혹스러운 얼굴로 앉아 있었다. 낭송이 끝나면 다비드는 내내 잠자코 듣던 페피노에게 원고 다발을 건네며 한번 읽어주겠나, 하고 부탁했다.

내가 로마를 떠나 밀라노에서 코르시아 데이 세르비 서점을 거점으로 삼고 공부를 계속하면 어떻겠느냐고 다비드가 사람들에게 제안한 것은 이틀째 밤으로 기억한다. "로마 같은 데 있어 봤자 공부가 될 리 없어." 지금 생각하면 너무나 밀라노 사람다운 독단과 편견으로 가득찬 의견이지만, 서점의 활동을 좀더 가까이에서 보고 싶었던 나로서는 더없이 반가운 이야기였다. 집에서 보내주는 간신히 먹고살 만큼의 돈과 아르바이트로 생활하는 외국인인 나를 '떠맡는' 번거로움을 서점 사람들은 어떻게 생각했을까.

내가 밀라노로 옮겨간 그해 초여름은 다비드가 마치 익은 과일이 나무에서 떨어지는 것처럼, 뒤바람을 받으며 나아가는 범선처럼 코르시아 데이 세르비 서점에서 멀어져간 시기, 혹은 서점이 그에게서 천천히 멀어져간 시기였다. 어느 쪽이 의도하거나 바란 것이 아니라 시간이 자연스레 그렇게 만들었다. 일시적이나마 밀라노에서 쫓겨난 사건이 오히려 다비드의 지명도를 높이는 결과를 낳았고, 범신론적 신학을 서정적인 단어에 실어 청중을 매료시키는 그의 설교는 밀라노를 넘어 점점 전국적인 명성을 얻어갔다. 교회도 1958년 즉위한 '진보적'인 새로운 교황의 치세로 이행했고, 다비드는 시대를 대표하는 인물로, 코르시아 데이 세르비 서점의 지도자에 앞서 카리스마 있고 선동적인 종교인으로 세상에 받아들여지게 되었다. 서점은 그의 활동 거점, 이따금 날개를 접고 돌아오는 둥지에 지나지 않게 된 것이다.

한편 서점은 서점대로 다비드의 장서까지 내놓고 팔던 가난한 '영웅시대'를 졸업하고 상점다운 경제 논리와 속도로 움직이기 시작했다. 내가 밀라노로 간 1960년부터 몇 년간 다비드와 코르시아 데이 세르비 서점 사이에는 처음에는 희미하게, 그리고 점차 또렷하게 장벽 같은 것이 생겨났다. 1968년 폭발하게 될 학생들의 투쟁을 향해 유럽이 긴 고갯길을 힘겹게 오르기 시작한 시기였다. 루치아와 가티, 페피노는 각자 다비드에 대한 생각이 달랐다. '경영' 논리를 가장 앞세우던 루치아, 다비드가 서점을 '사유화'한다며 상처받은 마음을 드러내던 가티, 그 둘과 다비드 사이에서 잠자코 모두의 의견을 듣고 있던 페피노. 다비드는 가끔 어딘가에서 바람처럼 돌아와, 가게에 들어서자마자 장난감 상자를 바닥에 쏟아놓는 어린아이처럼 종교계와 재계, 정계의 유명 인사 이름을 늘어놓으며, 국가를 논하고 내일을 염려하고 오늘을 규탄하고는, 우두커니 듣고 있던 친구들을 뒤로하고 다시 바람처럼 사라졌다. 그럴 때마다 입 밖에 내지 못한 불만이 탁한 공기처럼 주위를 어지럽혔다는 것을 다비드는 알고 있었을까.

다비드의 발길이 끊긴 서점을 꾸려나가던 페피노와 나의 약혼은, 예측이라는 말과 거리가 멀던 다비드에게는 청천벽력과도 같은 대사건이었다. 페피노가 결혼한대. 그는 굵고 탁한 목소리를 (나름대로) 낮춰 만나는 사람들에게 빠짐없이 알리고 다녔다. 지금까지 서점의 친구들은 모두 독신이었는데 한 명이 가정을 꾸리면 활동이 제약될지도 모른다. 공동체는 어떻게 되는가. 다비드는 그런 불안을 감추지 못했던 것이다. 그래도 미래를 위해 모아둔 돈이 한푼도 없던 우리의 결혼식을 책임지고 챙겨주었다. 페피노는 당시 다비드가 생활의 거점으로 삼고 있던 이탈리아 북부의 도시 우디네에서 식을 올리자고 제안했다. 그것이 다른 무엇보다 다비드를 기쁘게 하리란 사실을 알았기 때문이다. 생각했던 대로 그는 무척 기뻐했다. 너무 기뻐한 나머지 현지 방송국까지 연락하는 바람에, 원래는 조용했을 결혼식에서 눈도 뜨기 힘든 조명 세례를 받는 뜻밖의 에피소드가 생겼지만 말이다.

결혼하고 얼마나 지났을 때일까. 어느 겨울밤, 식사에 초대한 친구들이 돌아간 뒤 부엌에서 설거지를 마치고 이만 잘까 하던 참이었다. 아마 한시는 훌쩍 넘었을 것이다. 1층이던 우리집 창문 밖에서 누군가가 부르는 기척이 느껴졌다. 처음에는 잘못 들은 줄 알았는데 점점 또렷하게 페피노, 페피노, 하는 소리가 들려왔다. 친구가 놓고 간 물건을 찾으러 왔다기에는 너무 늦은 시간이었다. 누구인지 의아해하면서 창문을 열자, 다비드가 우두

커니 서 있었다.

피곤해, 피곤하다. 그는 들어오자마자 말했다. 오늘밤 자고 가면 안 될까? 눈 깜짝할 사이 부엌까지 들어와 배고프다고 말하는 그를 위해 나는 남은 음식을 찾았다. 그렇게 추운 밤, 그렇게 늦은 시간까지 대체 어디서 뭘 하고 다닌 것일까. 길을 헤매던 커다란 검은 들고양이 한 마리가 들어온 것 같아서 우스꽝스럽기도 했다. 남편이나 나나 그날 밤 다비드에게는 왜 수도원으로 돌아가지 않느냐고 묻지 못했다. 도시 변두리의 우리집까지 그는 어디선가 한참 걸어왔을 것이다. 그날 그는, 항상 '잠자코' 이야기를 들어주는 페피노의 집에서 그저 자고 싶었는지도 모른다.

지금, 복숭아와 오렌지의
이 향기가,
너를 어지럽히고,
보리수의
나른함이 너를 유혹하고,
아무것도 생각하지 않고, 이 거리를
그저 걷고 싶다고,
모든 것을 잊고,
무리지어 피는 아이들의 친구가 될 수 있다면

다비드의 이런 시처럼, 분명 그에게도 사제로서 사람들의 칭송을 받으며 앞장서 걸어나가기가 정말로 힘들어지는 순간이 있었으리라.

다비드가 코르시아 데이 세르비 서점에서 멀어져간 무렵, 그와 함께 서점을 시작한 카밀로도 밀라노를 떠나 스위스 국경 근처의 고향 마을로 돌아가버렸다. 다비드가 없었다면 서점을 아예 열지 못했겠지만, 서점의 철학은 온전히 카밀로의 몫이었다. 가티도 늘 그렇게 말했다. 그 커다란 손으로 뭐든지 거칠게 긁어모아 감싸안아버리는 다비드와 달리 카밀로는 사색의 덩어리 같은 사내였다. 구겨진 종이를 정성껏 펴듯이 자신에게 맞는 것과 맞지 않은 것을 세심하게 구별해갔다. 맞지 않는다고 생각하면 처음부터 관여하지 않는다. 그것이 카밀로의 방식이었다. 온갖 일에 휩쓸려 괴로워하며 이번이야말로 재기가 힘들지 않을까 모두 숨죽이고 있을 때 아무 일도 없었던 것처럼 훌쩍 일어나 걸어가는 다비드와는 그런 점에서도 대조적이었다. 요즘 읽는 책 이야기를 하면서도 카밀로는 갑자기 얼굴을 붉히곤 했다. 마치 자신의 명석함이 부끄러운 듯이. 때때로 국경의 산에서 내려오면 서점에 와서 안쪽 방에 앉아 있었는데, 그럴 때면 그가 서점의 소음을 전부 빨아들이는 기분이었다.

때로 겁쟁이처럼 보이는 카밀로의 그런 조용함이 의도와 달리 다비드를 불편하게 하기도 했다. 물론 카밀로도 금세 그 사실을 알아차리고 자괴감에 빠졌고, 타고난 소극적인 성격에 그런 일이 겹치자 점점 밀라노를 멀리하게 되었다. 더이상 어린 시절처럼 어깨를 나란히 하고 걷는 사이가 될 수 없었던 것뿐이지만, 그런 당연한 일에 두 사람은 상처를 받았다.

사실 다비드는 다른 사람들과도 곧잘 충돌했다. 친구 가브리엘은 "유리 가게에 뛰어든 코끼리 같다"라는 말을 자주 했다. "그 녀석은 조용히 걸을 줄을 모른다니까." 거구라고 할 만한 몸으로, 살짝 무릎을 구부리고, 마치 돌진하는 소방차처럼 바람을 가르며 걷는다. 검은 수도복을 깃발처럼 나부끼고, 토라진 아이처럼 입을 삐죽이면서. 가브리엘은 또 "그 녀석은 경험을 통해 배우는 법을 몰라"라고도 했다. 일본에서 『야생의 엘자』*로 번역된 책이 베스트셀러이던 무렵, 『어제 막 태어난』이라는 이탈리아어 판 제목을 비틀어 그를 '나토 이에리Nato ieri'라고 부르는 사람도 있었다. 어제 태어난 아기도 아니고, 순진한 건지 바보스러운 건

---

* 원제는 『Born Free』. 1960년 출간된 조이 애덤슨의 논픽션. 국내에도 같은 제목으로 번역되어 있다.

지. 그가 교회 윗사람과 충돌했다는 이야기가 들릴 때마다 친구들은 그렇게 말하며 화를 냈고, 한편으로는 진심으로 걱정했다.

다비드가 충돌한 것은 교회 윗사람만이 아니었다. 스위스에서 치아 테레사의 차를 타고 돌아오는 길에 이탈리아측 국경의 세관 직원에게 대들었다는 이야기도 들려왔다. 뭔가 신경에 거슬렸는지 "당신들, 하는 일 없이 세금이나 축내고 있잖아"라고 말했다는 것이다. 화난 병사가 일부러 트집을 잡아 바닥 매트까지 뒤집어보더라니까요. 끝내는 별것도 아닌 자명종 시계에 세금을 먹였고요. 운전사 루이지가 알려주었다.

피노 메르자고라라는 서점 친구가 있었다. 저항운동 시절부터 다비드와 알고 지낸, 대학 도시 근처 고등학교의 교사였다. 서점 친구들과 저녁을 먹으러 나가면 그는 다비드와 어깨동무를 하고 눈을 감고서 '작은 꽃다발'이라는 후렴구가 나오는 파르티잔 노래를 불렀다. "그 시절은 대단했지", 두 사람은 그리운 마음으로 저항운동을 회상했다. 그 잔인한 살육의 나날이 뭐가 좋으냐고 남편은 웃으며 반박했다. 생활의 무게, 일의 책임, 세간의 체면. 그 속에서 찌들어간 우리와 달리 피노는 소년같이 올곧은 마음으로 다비드를 위로해줄 수 있었다. 체셔 고양이의 웃음이 이런 걸까 싶은, 그러면서 묘하게 상냥해 보이는 미소를 짓는 피노와 눈이 마주치면 그의 영혼 한 조각이 나에게 달라붙을 듯 살가운 느낌이 들었다. 희끗희끗한 콧수염과 나비넥타이가 브러시처럼 깎은 머리와 잘 어울렸다.

코르시아 데이 세르비 서점이 예전처럼 다비드의 뜻대로 돌아가지 않는다는 것은 분명했다. 그가 쓰려고 생각하던 방에 다른 손님이 들어와 있기도 하고, "곧바로 읽고 싶다"고 말한 책의 발송이 뒤로 미뤄지기도 했다. 하나 그 이상으로 다비드는, 모두의 의식에서 점점 희박해져가는 공동체의 이상을 차마 버리지 못했다. 자신을 지켜줄 공동체가 필요했는지도 모른다. 그것은 서점 같은, 이른바 파트타임 공동체가 아니라 함께 생활하는 운명공동체여야 했다. 어느 해인가 다비드는 몇몇 친구들과 뜻을 모아 밀라노 북쪽 베르가모 산속에 젊은 수도사들을 중심으로 새로운 공동체를 만드는 데 착수했다. 언제나처럼 구멍투성이 해도海圖에 의지해 출항하려 드는 다비드를 못미더워하는 서점 친구들과 달리, 피노 메르자고라는 잠자코 그를 따랐다. 다비드는 친구들이 함께 모은 돈으로 낡은 13세기 성당을 사들이고 보수해서 활동의 본거지로 삼았다. 아름다운 중세 종루 안에 유명한 밀라노 건축가의 설계로 사무실을 만들고 신학 잡지를 편집하고 젊은 연구자를 모아 세미나를 열었다. 조만간 길 건너 언덕 위에 멀리서 찾아오는 학자나 신도를 위한 숙박시설과 집회장을 지을 예정이었다. 주말이면 피노가 밀라노에서 달려와 사무와 회계를 도왔다. 우리는 가끔 서점에 들르는 피노를 통해, 이제는 밀라노에 발길을 끊다시피 한 다비드의 소식을 들었다.

산속 수도원에서 다비드는 드디어 안주할 땅을 찾은 것 같았다. 여전히 강연이나 설교 청탁을 받아 온 나라를 돌아다녔지만, 그곳에 돌아오면 자신이 왕이었다. 그는 종루 안, 커다란 유리창 가득 롬바르디아 평원이 내려다보이는 방에서 일했다. 비서 역할을 하는 젊은 수도사가 가벼운 발놀림으로 들어와 전화를 바꿔주거나 손님이 왔다고 알려주고 나갔다. 때로는 사람이 어디 있는 걸까 싶을 만큼 정적이 가득한 이 수도원에서, 다비드는 엄숙한 손윗사람이 아니라 다소 으스대는 느낌으로 군림했다. 인쇄소에선 언제 교정쇄를 가져오느냐. 방송국은 언제 사진을 찍으러 오느냐. 이봐, 난 그날 오전밖에 시간이 없다고 하지 않았나. 밤에는 피렌체에서 강연이 있어. 목소리는 여전히 컸다.

그 수도원에서 다비드가 주재하는 새 계간지는 상당히 전문적인 신학 연구 논문집이었다. 중세 신비주의와 수도 생활, 기도에 관한 연구가 중심이었고, 서두에 나오는 다비드의 글에서만 수도원의 공동체적인 이념을 다소 서정적으로 설파했다. 수도사와 수도원을 찾는 신도들은 그를 진심으로 존경하는 듯 보였다. 그것이 코르시아 데이 세르비와 확실히 다른 점이었다. 코르시아에서는 아무도 그를 존경하지 않았다. 우리 사이에는 존경 같은 감정을 품을 만한 거리가 존재하지 않았다.

　남편이 죽고 처음으로 나 혼자 수도원을 찾아갔을 때, 다비드는 성당에서 미사를 보는 중이었다. 종루 밑에 세워진 성당은 이탈리아 북부에서 보기 드문, 간소하고 본질적인 13세기 고딕 건축물이었다. 성당으로 들어가자 나를 알아본 수도사들이 길을 열어주었다. 어둠이 눈에 익자 기도중인 다비드의 등이 촛불 빛에 비쳤다. 오랫동안 보지 못했던, 다비드의 조용한 뒷모습이었다.


　환하고 조용한 나날, 은빛 밤
　시냇물은 숲과 밭을 누비며 나아가는 진주 사슬
　이제 대지는 빵과 피 냄새를 풍긴다


　수도원 창밖 풍경을 묘사한 듯한(레오파르디의 영향이 다분한) 「부활절 전야」라는 다비드의 이 시는 사실 그가 1953년 오스트리아 알프스 지방에 머물면서 쓴 작품이다. 베르가모 산속 수도원 창에 비친 것은, 마치 그때 다비드가 언젠가 자기 것으로 만들기를 꿈꾸었던 풍경인 듯했다. 크고 붉은 태양이 저멀리 산그림자에 숨어서 주위를 라벤더색으로 물들이다 이윽고 완전히 저물어버리는 모습을, 우리는 그 창으로 몇 번이나 바라보았던가. 뉘엿뉘엿 저물어가는 평야에 자리잡은 집집마다 하나둘 불이 켜졌다.

자, 축제의 나들이옷을 걸치고,
긴 하루의, 아름답고 고요한
추억을 이야기하며, 걸어가자

피노 메르자고라는 자신에게 약속되었을 그 아름다운 해질녘
을 다비드와 함께하지 못했다. 그는 길고 불안한 병원 생활 끝에
1968년, 다비드의 수도원 묘지에 묻어달라는 말을 남기고 밀라
노 병원에서 세상을 떠났다. 추운 해의 가장 추운 날이었다.

봄이 지나고 가티와 함께 다비드를 찾아갔을 때 우리는 가파
른 고갯길 중턱, 피노가 묻힌 묘지 옆을 지나갔다. 피노가 있으
니 이제 나는 이곳을 떠날 수 없어. 다비드는 말했다. 길도 나무
도 얼어붙은 장례식 날 밤, 우리는 다비드의 말을 들으며 피노의
관 뒤로 산 위 수도원에서 묘지까지 친구들이 들고 서서 물결을
이룬 촛불을 각자 마음속으로 음미했다.

1971년 여름이 끝날 무렵, 일본에 돌아가기로 한 나는 작별 인
사를 하러 다시 산속 수도원을 찾았다. 일요일이라 종루 주변이
손님으로 북적거렸고, 해가 완전히 지고 나서야 그와 둘만의 시

간을 보낼 수 있었다. 일본 이야기, 서점 이야기, 남편 이야기, 피 노 이야기, 런던 이야기, 로마에서 처음 만났을 때의 이야기, 기 억과 현재가 뒤얽힌 대화는 끝날 줄 몰랐다.

　이만 가보겠다며 차를 세워둔 성당 앞 광장으로 나오자, 거짓 말처럼 보름달이 종루에 걸려 교교히 빛나며, 그곳까지 배웅 나 온 다비드의 커다란 그림자를 돌바닥에 또렷이 비추었다. 다비 드의 검은 수도복에도 달빛이 반사되고 있었다.

거리

코르시아 데이 세르비 서점. 이탈리아 사람에게도 무척 길게 느껴지는 이 이름은 사실 서점이 위치한 거리의 옛 명칭이다. '세르비 수도원 앞의 대로'라는 뜻으로, 19세기 문호 알레산드로 만초니의 역사소설 『약혼자들』에도 등장한다. 이 사실을 알아챈 친구들 중 하나, 아마도 카밀로 아니면 가티가, 서점 이름으로 그대로 따온 것이리라. 『약혼자들』은 단테의 『신곡』과 함께 이탈리아 중고등학교에서 한 줄 한 줄 분석하며 읽는 필독서라 보통 사람들은 상당히 지긋지긋하게 여기는데, 12장 빵집 약탈 대목이라고 말하면 다들 글쎄, 거기에 그런 이름이 나왔었나, 혹은, 아, 그러고 보니 그런 것 같네, 하는 식의 반응을 보였다(참고로 내가 가진 누오바 이탈리아판 『약혼자들』은 이 대목을 하도 많이 읽어서 책을 집으면 그 부분이 절로 펼쳐질 정도다). "코르시아 데이 세르비라는 거리에 있는 오래된 빵집", 이것이 만초니의 문장이다.

밀라노 도심에서도 번화가로 꼽힐 만한 이 거리는 대성당 뒤쪽에서 약간 꺾여 동북쪽으로 뻗어나간다. 19세기 후반 이탈리아 통일이 이루어지자 이를 기념하기 위해, 『약혼자들』에 나온 코르시아 데이 세르비라는 이름을 버리고, 당시 국왕인 비토리오 에마누엘레 2세의 이름을 따 지금까지 내려오고 있다. 우리는 그 거리 중간에 있는 세르비 수도원, 지금의 산카를로 성당 한 구석을 빌려 조용히 서점을 꾸려가고 있었다.

도심의 이 작은 서점과 결혼하고 살게 된 무젤로 거리 6번지의 집을 축으로, 나의 밀라노 생활은 좁고 약간 길게, 그리고 조심스럽게 확대되어갔다. 한 조각 파이 같은 이 작은 공간을 이리저리 오가는 것이 밀라노 생활의 전부였고, 어울리던 친구들의 집도 대체로 이 구획 안에 있었다. 가끔 파이 바깥으로 나가면 공기마저 희박하게 느껴져서 돌아오는 걸음을 서두르곤 했다. 경제적으로 여유가 없었던 탓일까. 아니면 호기심이 부족해서였을까.

어쨌든 나의 밀라노에는 첫째로 서점, 그다음으로 거리가 있었다. 그 거리의 중심은, 누구나 동의하듯, 누군가가 땅 위에 놓고 간 듯한 하얀 백합 다발을 연상시키는 화려한 대성당이었다.

고딕 건축물답게 하늘 높이 치솟는 수직선이 어찌된 일인지 이 건물에는 보이지 않는데, 한 친구는 "서 있기 지쳐서 주저앉아버린 고딕"이라고 표현해 나를 웃겼다. 눈부시도록 화려하지만 파리나 샤르트르의 대성당에서 보이는 정신성과는 다소 거리가 있는, 요설의 고딕.

앞서 말한 『약혼자들』의 1840년판에는 만초니가 고닌이라는 화가에게 직접 청탁한 삽화가 실려 있다. 예의 빵집 약탈 대목에 이어 주인공 렌초가 폭도들 사이를 빠져나가 가까스로 대성당에 이르는 장면인데, 그 삽화 속 성당이 바로 오늘날 도심 광장에 위압적으로 우뚝 서 있는 대성당이라는 사실을 곧장 알아채는 사람은 많지 않을 것이다. 고닌이 그린 대성당은 분위기가 전혀 다르고, 어느 외딴 시골 마을의 촌스러운 교회당 같은 느낌마저 준다. 그렇다고 고닌의 그림이 현실을 무시한 것은 아니다. 중세 후기에 착공된 이 대성당은 원래 극히 소박한 모양이었으나, 18세기에서 19세기에 걸쳐 과장스러운 바로크풍으로 정면을 장식하고 마구잡이로 첨탑을 올리면서 지금의 모습이 되었기 때문이다. 이런 개조로 육백 년 전 대성당 건립을 계획한 사람들의 머릿속에 있던 모습과 상당히 달라져버렸음은 명백하다. 하지만 그보다 중요한 것은, 과장스럽든 허세 같든 간에, 밀라노 사람들에게 이 대성당이 하나의 상징적인 유적이자 마음의 기둥으로 존재해왔다는 사실일 것이다.

어느 초여름 날 아침, 나는 밀라노에서 남쪽으로 20킬로미터쯤 떨어진(지금은 신흥주택지로 개발중이라 예전 같은 목가적인 경치를 찾아볼 수 없지만) 산줄리아노밀라네세라는 소도시 외곽을 걷고 있었다. 서점 일을 보려고, 이탈리아포플러가 듬성듬성 자란 숲으로 둘러싸인 밭둑길을 따라 수도원 제본소로 가는 길이었다. 아직 운전을 배우기 전이라 밀라노 중앙역에서 전철로 한 시간쯤, 역에서 다시 삼십 분쯤 걸었던 것으로 기억한다.

혼자서 밀라노를 벗어나는 일이 거의 없었던지라 나는 내심 불안해하며 길을 걷고 있었다. 그때 포플러숲 사이 저멀리, 밀라노 방향인 듯한 지평선의 한 점에 새끼손가락보다 가느다란 무언가가 햇빛을 받아 반짝반짝 하얗게 빛났다.

그것이 밀라노 대성당의 첨탑이라는 것을 알아채는 데는 그리 오랜 시간이 걸리지 않았다. 아, 밀라노다. 순간적으로 그런 생각이 들었고, 그것만으로도 마음이 들떠 나는 작은 충격을 받았다. 평소에는 완전히 일상의 일부가 되어 이렇다 할 감회에 잠기지 못했는데, 아침해에 하얗게 빛나는 대성당 첨탑의 이미지가 촉발한 밀라노의 존재가 뭐라 말할 수 없이 반가웠던 것이다. 저기가 내 집이 있는 곳이구나 하는 감정이 북받쳐 볼이 발개질 정도였다. 일본이, 도쿄가 진짜 터전이라고 생각해왔는데 대성당 첨탑을 멀리서 확인하고 밀라노를 그리워하는 나 자신에게 신선한 놀라움을 느꼈다.

그 무렵, 한 친구의 집에서 집안일을 도와주는 아델레라는 중년 여자가 있었다. 아델레는 그날 내가 걸었던 산줄리아노의 농가 출신이었다. 공장에서 일하는 남편과 아들과 함께 밀라노 외곽의 노동자 주택에 살았는데, 이따금 친정에서 가져온 채소를 친구 집에 나눠주러 왔다. 어느 날은 마침 나도 있는 자리에, 자기 마을에서는 라디키오라고 부른다는 쌉쌀한 샐러드 채소를 가져왔다. 작은 배추처럼 생겼는데 나는 물론이고 밀라노 출신인 친구도 시중에서는 본 적이 없는 것이었다. 밀라노에서 라디키오 하면 진녹색 잎이 둥글고 약간 두꺼운 샐러드 채소를 가리킨다. 하지만 아델레가 가져온 라디키오는 새하앴다. 쌉쌀하니 잘게 썰어서 먹으라고 했다. 그리고 한차례 요리법을 알려주고는 의기양양하게 덧붙였다. 이 채소는 수확하자마자 뿌리를 밀라노 방향으로 해서 바로 땅속에 묻어줘요. 우리는 저도 모르게 네? 하고 물었다. 밀라노 방향은 또 뭐예요. 우리가 웃자 아델레는 정색을 했다. 정말이에요, 우리 동네에서는 그렇게 해요. 밀라노 방향으로 뿌리를 두지 않으면 금방 썩어버린다고요.

그렇다. 산줄리아노 사람들에게 북쪽이란, 바다나 사막을 건너는 사람들이 자석을 보고 아는 추상적인 '북쪽'이 아니라, 내가 보고 감동했던 바로 그 첨탑 방향이었던 것이다. 포플러숲 사이를 걸으며 그때 일을 떠올리니 그녀의 말이 새삼 실감났다.

밀라노 관광 팸플릿 등에서 몇 번 본 대성당 사진이 있다. 대성당 앞 광장에서 오른쪽 방향, 높은 곳에서 내려다보며 찍은 것인데, 측면에 죽 늘어선 기둥의 정교한 무늬가 과자상자 가장자리를 두른 레이스처럼 보이고, 그 끝에 눈 덮인 알프스 산맥이 이어진다. 사진을 볼 때마다 멋지다고 생각하지만 곧 잊어버린다. 대성당 중에서도 원작자의 구상이 가장 잘 구현된 부분이라고 하는데, 주변 경치와 어우러진 효과까지 더해져 『약혼자들』의 삽화에서는 상상도 못할 만큼 화려하게 묘사되어 있다.

밀라노에서 알프스 산맥이 보인다는 사실을 여행자들은 잘 모를 것이다. 내가 이 도시에서 처음 머무른 모차티가家의 8층 테라스에서는, 유독 화창한 겨울날 아침이면 북동쪽으로 눈 덮인 산이 보이곤 했다. 옛날에는 더 자주 보였어요. 코모 호湖 너머, 톱날 모양 레세고네까지요. 밀라노 출신인 모차티 부인은 애석한 듯 말했다.

아마도 특수한 기술을 사용해 찍은 듯한 이 사진을 보면, 밀라노라는 도시가 포 강 유역에 펼쳐진 롬바르디아 평야 북단에 위치할 뿐 아니라 알프스 산맥으로도 이어져 평야와도, 산과도 관계가 깊다는 사실을 잘 알 수 있다. 인종적으로도 밀라노 사람은 평야 사람과 산악 사람의 잡종이고, 어쩌면 산이 가까운 덕에 평야 사람 특유의 둔중함에서 벗어났는지도 모른다.

중세 설계자들이 의도한 것인지 우연의 산물인지는 몰라도, 고딕 대성당을 측면에서 바라볼 때 나는 거대한 목선木船을 연상한다. 처음 그런 느낌을 명확히 받은 것은 이탈리아와 유고슬라비아* 국경 근처에 있는 쇠퇴한 옛 도시 아퀼레이아의 바실리카를 방문했을 때다. 비잔틴제국 시대 번영했다는 아드리아 해에 면한 이 도시의 성당은, 적어도 내가 방문한 삼십 년 전 당시에는 본래 용도로 쓰이지 않고 미술관처럼 내부를 관람하게 되어 있었다. 촌스럽지만 아름다운 내부 모자이크뿐만 아니라 밖으로 나가 바라본 성당 측면의 모습은 무심코 아, 배다, 하는 생각을 불러일으켰다. 소나무가 드문드문한 숲에 세워진 성당은 건물이라기보다 돛만 달면 공중으로 두둥실 떠올라 알 수 없는 어딘가, 우리가 헤아릴 수 없는 기항지로 향할 듯한 배처럼 보였다. 로마 시대 발트 해 연안으로 이어지는 '호박의 길'의 중요 거점이었던 항구도시 아퀼레이아 사람들은 11세기에 이르러 자신들에게 어울리는 성당을 세우기로 했을 때 거대한 배를 떠올렸으리라.

---

* 유고슬라비아공화국은 내전을 거쳐 여덟 개 나라로 분리되어 해체되었다.

그러나 바다와 아무 관련이 없는 밀라노 대성당에서도 배의 이미지를 떠올리는 것은 지나칠지도 모른다. 아퀼레이아에서 받은 강렬한 인상에 사로잡힌 나만의 환상일까. 아니면 중세 성당에 존재하던, 현세를 잠깐의 여행으로 여기는 사상과 어딘가 맞닿아 있는 걸까. 이유가 뭐든 대성당이 배를 닮았다는 데 나는 위로를 받았다. 언젠가 돛을 올리기만 하면 어딘가로 갈 수 있는 가능성을 숨기고 있다는 사실에 마음이 놓였다.

한가운데 대성당을 끌어안은 밀라노 시가지에는 또하나 중요한 기호가 있다. 바로 나빌리오 운하다.

19세기 파리에서 시작된(그리고 오늘날 대체로 '서구적'이라고 여겨지는) 서유럽의 도시계획 이념은 기하학적인 원이나 직선 위에 구축된 강인하고 인공적인 도시공간 구성에 기초하는데, 대표적인 도시들이 하나둘 그 형태를 갖추기 시작한 중세에는 주로 대성당을 기점으로 외곽을 이루는 성벽을 향해 시가지가 불규칙적으로 확대되는 양상을 보였다.

시가지 중심에 대성당이 있다는 점은 밀라노도 다르지 않지만, 거의 같은 시기에 만들어진 운하가 이 도시를 여느 도시와 다르게 만들어준다. 밀라노 사람이 성벽보다도 소중하게 여기는 이 운하는 성벽 한참 안쪽에, 좁은 곳은 반지름 500미터 정도의 불규칙한 원을 그리며 형성되어 있다. 원래는 대성당 건설에 사용할 석재를 운반하기 위해 팠다고 하는데, 폭이 20미터도 안 되지만 밀라노 남서쪽에서 알프스로부터 흘러드는 티치노 강으로 이어져 중요한 교통수단 역할을 했다. 그와 동시에 파리의 센 강, 로마의 테베레 강 같은 자연의 물길이 없는 밀라노 사람들에게는 없어선 안 되는 풍취를 자아내는 요소이기도 했다. 그리고 운하로 갇힌 둥근 도심 공간은 밀라노라는 도시의 중핵을 이루며 번영을 가져왔다. 그러나 실로 아쉽게도, 종전 후 부흥 과정에서 나온 성급한 도시 정비안 탓에 이 운하는 대부분 흔적도 없이 매립되어버렸다.

이 '나빌리오의 고리' 바로 옆에 사는 한 노부인에게서 이런 말을 들은 적 있다. 이 집 앞에는 좁다란 보도 너머로 운하 물이 흘렀어요. 겨울이면 나빌리오에서 피어오른 안개에 가스등 불빛이 부옇게 가라앉아 정말 아름다웠지요. 아침에는 안개 속에서 갑자기 납작한 물윗배가 나타나기도 했고요. 운하가 없어지고 도심의 습기가 한결 덜해진 건 사실이지만요.

오늘날 도심을 둘러싼 세나토 거리나 비스콘티 디 모드로네 거리를 숨막힐 듯 가득 채운 자동차 무리를 보고 있자면, 문득 옛날 그 아래를 흐르던 물소리가 땅속에서 희미하게 들려오는 듯한 기분이 든다.

원래 이탈리아어로 운하를 가리키는 말은 '카날레'지만, 밀라노에서는 변칙적으로 나빌리오라는 말을 쓴다. 배가 다닐 수 있는 수로라는 뜻이다. 밀라노 사람들은 일종의 긍지와 감개를 담아 이 단어를 발음한다. 그들은 그 실체가 사라진 오늘날에도 운하의 '고리' 안쪽에서 살아가는 생활에 고집스럽게 집착하며(또는 그것을 포기하고), '안쪽' 사람은 '바깥' 사람을, 스스로는 부정하지만, 분명히 경멸하는 구석이 있다. 전쟁 전에는 밀라노 사투리마저 안쪽과 바깥이 달랐다고 한다. 지금도 택시를 타고 행선지를 말하면 기사가 나빌리오의 고리를 돌아서 갈까요, 하고 묻곤 한다. 외국인인 나마저도 옛날의 운하와 그것을 둘러싸고 있던 내가 모르는 밀라노의 거리, 물이 있는 밀라노의 풍경이 사라져버렸다는 사실에 문득 슬퍼진다.

대성당을 등지고 거리 오른쪽과 왼쪽이 전혀 다른 모습인 것도 밀라노의 특징이리라. 대략 말하자면 왼쪽은 일상적이고 서민적이며, 오른쪽은 단연 귀족적이다. 왼쪽 거리를 걸을 때면 어쩐지 걸음이 빨라지고 오늘은 뭘 먹을까, 그 가게의 그 빵은 아직 남아 있을까 하는 실용적인 생각이 머릿속을 차지한다. 예컨대 스파다리 거리가 그렇다. 스파다리는 칼이나 검을 만드는 장인이라는 뜻이니 옛날에는 이 주변에 그런 가게가 많았을 것이다. 조금 더 가면 스페로나리 거리로 이름이 바뀐다. 역시 이름으로 보아 승마에 쓰는 박차를 만드는 가게가 모여 있었던 듯하다. 이 길 안쪽은 카펠라리(모자상) 거리, 가장 바깥쪽은 오레피치(금세공상) 거리다. 유래가 된 가게들은 이제 모두 보이지 않지만, 그 이름들은 평생 어둑어둑한 가게 안에서 부지런히 일했던 기술자들의 모습을 연상시킨다. 오레피치 거리 말고는 전부 구불구불하고 폭이 좁은데, 특히 스파다리 거리에는 생선 가게와 채소 가게가 늘어서 있다. 한 친구는 이 거리를 '악취의 거리'라고 부르며, 난 그 길로 들어가지 않도록 항상 조심해, 모퉁이만 돌아도 생선 비린내가 진동하거든, 하고 말했다.

그러나 스파다리 거리의 생선 가게는 아무리 봐도 밀라노 최고, 나아가 이탈리아 최고다. 전국 바닷가에서 공수된 생선이 모형처럼 반짝거리며 늘어서 있다. 손님을 부르는 아주머니들의 목소리를 들으면 마치 일본의 시장이 떠오른다. 값은 좀 비싸지만, 평소에 잘 사지 않는 특별한 생선은 일부러 그곳까지 사러 갈 가치가 있다. 하지만 친구가 싫어하는 것도 당연할 만큼 이 길에는 비린내가 진동한다. 생선 신선도를 까다롭게 따지는 나폴리 출신 친구는 남자가 장을 보는 이탈리아 남부의 풍습에 따라 늘 직접 생선을 사러 이곳에 간다고 했다. 다른 가게에서 파는 것은 생선 시체나 다름없다고 불평하면서.

생선 가게 맞은편에는 스위스나 프랑스의 채소를 수입하는 작은 가게가 있었는데, 어느 날 초호화 식료품점 '페크'가 진출하면서 눈 깜짝할 사이 사라져버렸다. 파리의 포숑을 흉내낸 듯한 이 식료품점이 등장한 것은 1960년대 후반이었다. 포식 시대를 알리는 나팔수가 밀라노에도 찾아온 것이다. 오늘날 밀라노는 패션의 도시로 불리며 상당히 세련된 이미지를 풍기지만 그것은 이 도시의 일부에 지나지 않는다. 페크는 대식가에 겉모습을 신경쓰지 않는 거친 롬바르디아 농민의 피를 이어받은 밀라노 사람의 또다른 일면을 잘 표현하고 있었다. 이탈리아의 다른 지방 사람들은 돈만 있으면 무엇이든 할 수 있다고 거리낌없이 말하는 밀라노 사람들을 무시하면서도 그 재력에 굴복해 분해한다. 페크에 한 발짝 들어서면 그런 번쩍거리는 힘 같은 것이 흘러넘친다. 점원의 기세 좋은 외침에서도, 서로 어깨를 밀치는 손님들의 흥분에서도 그것을 읽어낼 수 있다. 토스카나산 스테이크 고기, 자연 사료로 사육한 닭, 스코틀랜드 훈제연어, 카스피 해의 캐비아까지, 말 그대로 전 세계의 산해진미가 눈이 휘둥그레지는 가격을 달고도 날개 돋친 듯 팔려나갔다. 페크는 대성공했고, 곧이어 같은 자본으로 보이는 여러 가게들이 스파다리 거리에 들어섰다. 유럽 전역에서 들여온 소시지와 살라미를 비롯해 돼지 머리에서 꼬리까지 전부 갖춘 '돼지의 집', 같은 유형의 '치즈의 집'이 개점해 성황을 이루었다.

그러나 대성당 오른쪽 거리의 모습은 서민적이고 형이하학적
인 활기를 띤 왼쪽과 완전히 대조적이다. 우선 대성당 앞의 널찍
한 광장은 19세기 통일 전에는 존재하지 않았고, 밀라노 사람들
이 보통 '갈레리아'라고 줄여 부르는, 갈레리아 비토리오 에마누
엘레 2세라는 거대한 아케이드가 오른쪽을 차지하고 있다. 최근
에 뉴욕과 보스턴에도 지점을 낸 리촐리 서점, 악보와 오페라 대
본 등으로 유명한 리코르디 서점, 왕년의 화려함이 다소 빛바랜
레스토랑 사비니와 비피 등이 이 아케이드에 늘어서 있다. 보통
밀라노 사람들에게 이곳은 쇼핑 장소보다 좋은 산책로에 가깝
다. 일을 마치고 집으로 돌아가기 전에 친구들, 또는 다른 직장
에 근무하는 배우자를 만나 식전주를 한잔 하면서 하루를 돌아
보는 곳. 혹은 근처 주민이 개를 산책시킬 겸 쇼윈도를 구경하며
한 바퀴 둘러보는 곳. 탐욕스러운 시선을 보내는 시끌벅적한 관
광객들과 뒤섞여 그런 사람들이 천천히 걷고 있다.

그러나 진짜 '오른쪽'은 갈레리아를 나와서 시작된다. 갈레리
아 북쪽 출구로 나가면 광장 너머로 스칼라 극장이 보인다. 밀라
노를 처음 찾은 사람들은 이렇다 할 특징이 없는 스칼라 극장의
전면에 대체로 실망하면서 전쟁 탓이냐고 묻는다(내부는 실제로

전쟁 때 산산조각났다). 파리 오페라 극장에 비하면 정말 빈약하다고 말하는 일본인도 있다. 아닌 게 아니라 화려함이라는 말이 딱 어울리는 내부 장식에 비해 외관은 어울리지 않을 정도로 소박해 보인다. 물론 그 이유는 설계자의 책임이겠지만, 나는 이에 대해 한 가지 변명을 해주고 싶다. 18세기 이 극장이 설계될 무렵에는 주변 건물이 대체로 이 건물과 어울리는 높이였다고 한다. 주변이 아무리 눈에 띄게 으리으리해진들, 오페라의 역사와 영광이 가득한 스칼라 극장을 그에 맞춰 개축할 수는 없는 노릇이다.

스칼라 극장의 이웃이라고 할까, 같은 건물 한쪽에 비피라는 레스토랑이 있다. 갈레리아 안에도 같은 이름의 레스토랑이 있는데, 밀라노 사람들은 비피 갈레리아와 비피 스칼라로 구분해 부른다. 갈레리아에 있는 비피는 지금은 관광객을 상대로 셀프서비스 등을 겸업하는 미국식 영업을 하고 있지만, 옛날에는 맞은편에 있는 사비니 등과 함께 밀라노에서 가장 세련된 레스토랑으로 꼽혔다. 시인 가브리엘레 단눈치오가 자신의 애인이자 일세를 풍미한 천재 배우 엘레오노라 두세와 함께 자주 식사를 했다는 전설이 그럴듯하게 전해지고, 갈레리아의 비피로 가자고 노래하는 1930년대 유행가도 있다.

그러나 나는 스칼라 극장 옆에 비피라는 레스토랑이 있다는 것을 오랫동안 모르고 살았다. 그러다 서점의 카밀로 덕에 초대받을 기회가 생겼다.

어느 날 서점에 들렀더니, 카밀로가 마침 잘 왔다며 품위 있는 초로의 부인을 소개해주었다. 발음과 몸동작 등에서 상류계급임을 바로 알 수 있었지만, 그간 서점에서는 전혀 본 적 없는 얼굴이었다. 마리나 V, 라고 소개한 카밀로가 잠깐 그녀의 얼굴을 보고는 후작부인, 이라고 덧붙였다. 카밀로가 말을 맺기도 전에 그녀는 본론을 꺼냈다. 일본분이시라죠? 제가 곧 일본에 가게 되어 궁금한 게 많아요. 내일 비피 스칼라에서 함께 점심 어떠세요?

굉장한걸. 마리나가 비피 스칼라로 식사 초대를 하다니. 마리나가 떠난 후 카밀로는 그렇게 감탄하고는 비피 스칼라가 보통 오페라 관람 후 리소토 등을 먹으러 들르는 세련된 레스토랑이고, 마리나는 이탈리아 사교계의 이름난 스타로 스칼라 극장 공연 첫날에는 파리의 유명 디자이너가 그녀를 위해 준비한 의상이 세계의 귀부인, 미녀의 의상들과 함께 일간지에 실릴 정도이며 그 유명한 빌라 마세르에 산다는 것 등을 일러주었다. 베네치아 북서쪽의 도시 트레비소 일대에 16세기 건축가 팔라디오가 설계한 빌라가 모여 있는데, 그중 하나인 마세르는 고전적이고 단아한 건축양식과 함께 동시대 화가 파올로 베로네세의 벽화로 유명하다. 미술 책을 보고 동경하던 르네상스의 저택에서 일상을 보내는 사람들. 그렇게 생각하기만 해도 다음날 점심 자리가 기대되었다. 카밀로가 어떻게 그런 사람과 알고 지냈는지 지금도 알 길이 없지만, 둘은 꽤 친해 보였다.

비피 스칼라 점심식사 자리가 나만을 위한 것이 아니었음은 다음날이 돼서야 알았다. 마리나와 그녀의 남편인 후작이 일 년에 한 번 밀라노에서 여는 가족 회식이었던 것이다. 동석한 손님만 스무 명이 넘었다. 거리에서 좀처럼 보기 힘든 영국풍 신사와 향수 냄새를 짙게 풍기는 귀부인들. 그리고 자유분방한 차림으로 작은 새처럼 재잘대는 소녀들. 마리나의 안내로 차례차례 인사를 나누던 중 그녀의 딸 이름을 듣고 나는 귀를 의심했다. 디아만테, 영어로 다이아몬드. 한참 시간이 흐른 뒤 그 이름이 이탈리아 역사에서는 그리 특이하지 않다는 사실을 알았지만, 그때는 헉 소리를 낼 정도로 놀랐다. 그날 동석한 여자들의 세련되고도 우악스러운 테이블 매너. 즐거운 듯 그 광경을 너그럽게 바라보는 남자들. V후작 가문쯤 되면 세간에 허용되지 않는 일도 비피 스칼라에서 공공연히 일어나고 통용되는 모습에, 조금 과장해서 유럽 사회의 두께 같은 것을 실감했다. 그것은 치아 테레사처럼 재력은 있지만 역사가 얕은 부르주아와는 또 한 겹이 다른 세계였다. 무엇보다 그때까지 별 감회 없이 지나쳤던 스칼라 극장과 주변 건물의 벽 안쪽에서 이런 세계가 소용돌이치고 있음을 깨닫고, 밀라노의 깊이에 한층 빠져든 기분이었다.

　식료품점 인파를 보며 내 얄팍한 지갑을 원망하거나 비피 스칼라의 식사에 초대받아 상류사회의 화려함에 놀라면서 나의 밀라노는 조금씩 넓어져갔다. 노면전차가 지나는 스칼라 극장 앞 만초니 거리의 이름이 문호 알레산드로 만초니가 가족과 함께 살던, 지금은 주변 건물에 압도되어 미니어처처럼 보이는 모퉁이의 3층 집에서 유래되었음을, 이 거리의 작은 출판사에 다니던 친구 가티가 알려주었다. 만초니의 집에서 다시 갈레리아 방향으로 뻗은 좁은 길에 산페델레 성당이 있다. 여든네 살의 만초니가 이 성당 앞 계단에서 굴러떨어져 세상을 떠나게 되었다는 사실을, 밀라노에 산 지 몇 년 만에 그의 전기를 읽고 알게 되었다. 만초니 거리에서 코르시아 데이 세르비 서점 뒤쪽으로 통하는 몬테 나폴레오네 거리에는 서점 친구 중 유일하게 '좋은 집안' 출신인 루치아가 어릴 적부터 단골이었다는 구두 가게가 있었는데, 그곳이 밀라노에서 가장 멋스러운 거리라고 누군가가 알려주었다. 몬테 나폴레오네 거리에는 밀라노에서는 드물게 커피가 아니라 홍차와 케이크가 주메뉴인 '티룸'이 있고, 오후 네 시 무렵이면 치아 테레사가 곧잘 나타난다고 가티가 말했다. 도심이 정비되며 곧 없어져버렸지만 서점 앞 대로를 건너 조금 더

가면 '채소밭 산피에트로'라는 기묘한 이름의 거리가 나왔는데, 대낮부터 창부들이 늘어서서 손님을 끄는 곳이라고 카밀로가 조금 난처한 얼굴로 알려주었다.

나의 밀라노는 확실히 좁았지만, 어느 길에나 어떤 친구와의 추억, 어떤 사건에 대한 기억이 단단히 연결되어 있다. 거리 이름만 들어도 누군가의 웃음소리가 떠오르고 울먹이는 얼굴이 눈앞에 선하다. 십일 년간 생활한 밀라노에서 결국 한 번도 가이드 북을 사지 않았음을 깨달은 것은, 일본으로 돌아오고 몇 년이 지나서였다.

밤의 대화

씨실과 날실의 두께가 고르지 않아서 한눈에 손뜨개임을 알 수 있는, 하얀 삼베에 반드러운 붉은색 실로 수수하게 자수를 놓은 큼직한 수건 다섯 장. 길이 1미터에 폭 60센티미터니 일본에서는 목욕수건이라고 할 만한 크기다. 원래 초록색 자수가 들어간 것이 한 장 더 있었는데 일본으로 돌아와 어수선하게 지내던 중에 잃어버렸다. 다섯 장 모두 이십여 년 전에는 얼굴을 닦으면 사각사각 소리가 날 만큼 빳빳했는데, 이제는 풀이 죽고 몇 장은 빛을 비추면 군데군데 해진 구석이 보인다. 더 쓰기 애처롭지만 그렇다고 서랍 깊숙이 넣어두려니 꼭 사망 선고를 내리는 기분이라 세면대 수납장에 다른 수건들과 같이 포개두었다. 세탁한 수건을 개켜서 넣을 때마다 그 낡은 수건 다섯 장에 손이 닿고,

그때마다 결혼을 축하한다며 자기 집 수납장에서 이것들을 골라 꺼내준 페데리치 부인이 떠오른다. 자식이 없는 그녀는 페피노를 친아들처럼 아꼈는데, 부모의 반대를 무릅쓰고 결혼한 나에게 이 수건들은 귀하고도 각별한 선물이었다.

페데리치는 도심의 옛 운하 거리와 고등음악원 거리를 잇는 파시오네 거리 3번지의 아담한 4층 건물에 살았다. 2차 세계대전의 폭격마저 비켜간 그 오래된 주택가는 북적이는 옛 운하 거리와 수백 미터 떨어져 있을 뿐인데 대낮에도 쥐죽은듯 고요해서 양쪽에 늘어선 집들 사이로 내 구두 소리만 또각또각 울렸다. 그 고요함은 이 거리가 시간의 흐름에 뒤처졌다기보다 아예 등을 돌려버린 듯한 인상이었다. 정면 대문으로 들어가서 오른쪽으로 꺾어 관리실 유리문을 향해 가볍게 인사한 뒤 계단을 오른다. 문 옆에 달린 벨을 누르면 기다릴 새도 없이 옅은 하늘색 원피스 위에 풀을 먹인 흰색 앞치마를 두른 하녀 산티나가 나와서 문을 열어준다. 산티나는 기분좋아 보일 때도 있지만 가끔은 무뚝뚝하게 내 인사를 받아주며 내키지 않는 얼굴을 하기도 했다 (그런 표정을 읽어내기까지 몇 년은 걸린 것 같다). 다른 손님이 없으면 곧 페데리치 부인이 양팔을 활짝 벌리며 나온다. 나보다 키가 조금 작은 부인과 포옹을 한다. 희끗희끗한 고수머리를 자연스럽게 뒤로 묶고서 생기가 담긴 검은 눈으로 웃고 있다.

조반나 페데리치 아이롤디. 남편 페데리치 씨는 한때 봄피아니 출판사에 몸담았던 독일 문학 전문가인데 내가 그녀를 알기 몇 년 전에 이미 작고했다. 친정인 아이롤디가가 롬바르디아의 유서 깊은 명문가였기에 두 사람의 결혼은 부모에게 오랫동안 인정받지 못했다고 한다. 파시오네 거리의 집도 남편을 여읜 후 후작부인인 백모에게서 받은 유산이었다. 사는 집은 2층 구석에 있지만 4층 건물 전체가 그녀 소유였다. 18세기경 세워진 듯한 그 건물은 입구에서 안뜰로 이어지는 통로의 천장이 커다란 아치형으로 파여 있어서, 마차가 드나들던 시절의 흔적을 보여주었다.

가을이 깊어지면 시골 영지나 산과 바다의 별장으로 떠났던 유복한 사람들이 잇따라 밀라노로 돌아오며, 여름내 나른했던 거리가 원래의 활기를 되찾는다. 노부인들은 몬테 나폴레오네 거리의 티룸에서 여름 한철 별장에서 겪은 시시콜콜한 일들을 화제 삼아 수다를 즐기며 느긋한 오후를 보낸다. 그리고 11월, 밤 모임의 계절이 돌아온다.

코르시아 데이 세르비 서점을 드나들던 친구 중 몇몇은 이른바 '살롱' 같은 형태로 단골손님을 만찬에 초대해 식후 대화를 즐기는 자리를 만들곤 했다. 어느 집이든 식탁에 앉을 수 있는 사람 수는 여섯에서 여덟 정도로 한정되어 있어서, 스스럼없는 사이의 독신 남자의 경우는 식후 커피 타임에 따로 초대하기도 했다. 그래도 대개 열 명이 넘지 않는 조출한 모임이었다. 미국의 파티와 달리 다들 의자에 앉아 여유롭게 대화를 즐긴다. 호스트는 보통 시내 중심가, 지금은 매립된 대성당 주위의 운하와 옛 성벽 사이 구역에 사는, 여러모로 특권층에 속하는 이들이었다.

이를테면 진보적인 경영 방침으로 잘 알려진 은행가 안젤리니 씨. 서글서글하고 사교성이 좋아 문화계 친구가 많았다. 재능 있는 젊은 화가와 건축가를 후원하고 그들의 작품을 은행에 적극 도입하기로도 유명했다. 그는 성벽 안쪽 한적한 주택가, 종전 후 지어진 으리으리한 현대식 아파트에 살았다. 폭넓은 취미를 가졌고 특히 음악에 조예가 깊어서, 대학 졸업논문으로 음악사를 선택한 우리 친구 가티와 사이가 각별했다. 반짝이는 그랜드피아노가 놓인 안젤리니 씨의 거실에서는, 기독교민주당에 가까운 경제학 교수 세르조 마르키와 사회주의 역사학자 잔니 스파다리 등이 정당 정책에 대해 열띤 논쟁을 벌이기도 했지만, 보통은 바흐에서 대중음악에 이르는 음악 이야기로 꽃을 피웠고, 때로는 싱어송라이터 지노 네그리를 초대해 피아노 연주와 노래를 감상하기도 했다. 신좌익 성향의 노래로 인기를 끌던 네그리가 식사 후 주인의 요청을 받고 육중한 몸을 움직여 자작곡을 불러줄 때면, 혁신파로 알려진 안젤리니 씨의 거실이 문득 중세 궁정처럼 보이기도 했다.

역시 성벽 근처, 재판소 뒤쪽에는 변호사 카차니가 씨가 살았는데 친구들은 그쪽 모임은 화려하기만 하고 에스프리가 없다며 내심 꺼렸다. 거실 벽에 셀 수 없이 많은 그림이 걸려 있었는데 그중 조르조 모란디의 정물화 두 점이 눈길을 끌었다. 둘 다 화가 특유의 신비로운 광택이 숨어 있는 회색 톤이 감동적인 작품인데, 그렇게 그윽한 기품과 개성이 가득한 그림이 이렇다 할 특색 없는 조잡한 풍경화와 고등학생 딸 라파엘라의 초상화 등과 나란히 걸려 있는 것이 꽤나 아이러니했다. 특히 문 위에 걸린 가로로 긴 모양의 소품이 훌륭했는데, 카차니가 씨는 "모란디가 지금처럼 유명하지 않을 때 샀다"며 뿌듯해했다. 우아한 부인과 고등학생 딸은 얼핏 봐도 유명 오트 쿠튀르에서 맞춘 듯한 검은색 드레스를 입고 있어서 평상복 차림으로 찾아간 우리를 당황하게 했다. 깨지기 쉬운 유리 인형처럼 애지중지 키운 딸 라파엘라는 몬테 나폴레오네 거리의 새로운 패션 유행이나 학교 선생님에 대한 유치한 험담을 마음대로 늘어놓았고, 우리가 성의껏 들어주지 않는다 싶으면 아버지가 나서서 주의를 기울여달라

고까지 했다. 그럴 때면 선의가 가득하던 손님도 은근히 넌더리
를 냈다.

　누구보다 재미있는 이야기를 하겠다는 욕심으로 화제를 독차
지하려는 사람이 있는 밤이면 시간의 흐름이 더디게 느껴졌다.
우리의 이런 대화가 알고 보면 호스트의 심심풀이에 지나지 않
는 건 아닐까 싶어 문득 공허해지기도 했다. 그래도 초대를 받으
면 또 기대감을 안고 찾아가게 되는 이유는 역시 대화로 만들어
내는 허구 세계의 즐거움 때문이었으리라. 오늘은 재미있었다,
혹은 정말이지 형편없었다. 이런 식으로 우리는 마치 작품을 논
하듯 그날 대화의 성과를 비평했다.

　그런 가운데 페데리치 부인이 주최하는 모임은 꽤 이색적이
었다. 호스트가 예순 넘은 미망인이라 손님들의 분위기도 덩달
아 차분해졌던 걸까. 주로 문학이 화제에 올랐고, 그녀의 수수하
고 따뜻한 인품에 누구나 긴장이 풀려서, 한밤중에 인사를 나누
고 어두운 길을 걸어 집으로 돌아오면서도 고요한 여운에 푹 감
싸인 느낌이 들었다. 우리집은 성벽에서 한참 떨어져 있었지만
전철로 십 분 정도밖에 걸리지 않는 거리였기에 남편과 나는 부
연 안개 너머로 가로등 빛이 비추는 밤길을 조용히 걸어 돌아오
곤 했다. 외출을 꺼리는 남편도 페데리치 부인의 초대에는 기꺼
이 응했다.

페데리치 부인은 후작부인 백모에게 물려받은 거실의 고색창연한 실내장식을 그대로 남겨두었고 백 년은 넘은 듯 보이는 가구들도 여전히 사용하고 있었다. 하녀 산티나가 왁스칠을 해서 반짝거리는 갈색 마루에는 크기가 제각각인 아름다운 페르시아 양탄자가 깔려 있고, 창가에는 페데리치 부인의 의자를 둘러싸는 형태로 등받이 높은 제정시대풍 소파와 의자가 놓여 있었다. 옛날 의자답게 높고 앉는 자리도 딱딱해서 편하다고 말하기는 어려웠다. 그외에도 널찍한 거실 두 곳 정도에 소파와 의자가 더 놓여 있었는데, 우리는 항상 입구와 식당에서 가장 멀리 떨어진 자리로 안내받았다. 별로 높지 않은 천장 한가운데 조금 작지만 근사한 바카라 크리스털 샹들리에가 달려 있고 몇몇 사이드테이블 위에도 각각의 양식에 맞춘 스탠드가 놓여 있었으나 그것이 켜지는 일은 좀처럼 없었다. 부인의 자리 바로 옆, 동자가 그려진 화려한 색채의 청나라 항아리에 철로 세공된 큼지막한 가지가 꽂혀 있고, 거기서 꽃처럼 빛나는 작은 전구들이 넓은 거실을 비추는 유일한 조명이었다.

상대방의 얼굴이 간신히 보이는 어둠 속에서 우리는 시간 가는 줄 모르고 이야기를 이어갔다. 어렴풋한 빛 때문인지 그곳에서 나누는 대화는 항상 아득하게 느껴질 만큼 조용조용했다. 그러나 음침하지는 않았다. 깔끔하고 명민한 성격인 조반나 페데리치의 집에서 우리는 늘 느긋하고 편안한 마음으로 끊임없이 대화를 이어나갔다.

손님의 면면에 따라 출판계 현황 이야기가 나올 때도 있었다. 서점에서 볼 때는 수수한 옷차림에 품위 있는, 여느 평범한 단골손님과 다르지 않았던 페데리치 부인이, 그런 자리에서는 경이로운 독서량과 유연한 지성을 겸비한 말솜씨로 능숙하게 이야기를 이끌어갔다. 몬다도리나 봄피아니 같은 대형 출판사 경영자의 이름을 잘 아는 사이처럼 스스럼없이 부르는 것도, 당시 모든 것에 '외부자'였던 나에게는 인상적이었다. 밀라노의 좁은 상류사회에서는 가깝든 멀든 젊은 시절부터 다들 아는 사이라는 것을 나중에 알게 되었지만. 물론 세상을 떠난 페데리치 씨가 한때 봄피아니 출판사에 몸담았고 문학 책을 번역하기도 해서 그녀가 그쪽 업계와 친밀했는지도 모른다.

부인이 잘 아는 독일 문학, 특히 토마스 만의 작품 이야기에 열을 올릴 때도 있었다. 하루는 『부덴브로크가의 사람들』과 『마의 산』으로 파가 나뉘어 팽팽한 논쟁을 벌였다. 그러나 이런 자리에서의 논쟁이란 마치 말로 하는 테니스 게임처럼, 한 사람이 『마의 산』 코트에서 공을 치면 『부덴브로크가의 사람들』 쪽 누군가가 재빨리 받아치는 식의 유쾌한 놀이였다. 그럴 때면 환갑이 넘은 페데리치 부인의 생기 넘치는 검은 눈동자가 코트에 오른 소녀처럼 반짝반짝 빛났다. 그녀는 젊은 시절 뮌헨의 대학에서 철학박사 학위를 받았는데, 독일어로 쓴 자신의 논문이 화제에 오르면 됐어요, 뭐 그런 얘기까지, 하며 멋쩍은 듯 웃으며 말을 돌렸다. 토마스 만 번역자로 유명했던 부인의 친구가 노환으로 몸져누웠는데 치료비가 마땅치 않다는 이야기에, 당시 번역이 주 수입원이던 나는 남 일 같지 않게 느끼기도 했다.

문학 이야기에 열중하는 단골손님 중에 스테파노 미노니가 있었다. 코르시아 서점의 루치아, 가티와 동년배이고 화학 분야 기술자이자 염료회사 부장이었다. 페데리치 부인의 거실에서 그는 새로 나온 현대시의 앤솔러지를 비평하거나 난해하기로 이름난 카를로 가다의 작품론을 펼쳤는데, 항상 열정적인데다 논지가 늘 적확하고 전문적이라 어떻게 본업을 따로 두고서도 그토록 수준 높은 독서를 할 수 있는지 신기할 따름이었다. 페데리치 부인처럼 그도 롬바르디아의 유서 깊은 귀족 집안 출신이었는데, 할머니가 영국인이라는 점, 그리고 이탈리아에서 문학을 전공한 뒤 부모의 설득으로 스위스의 대학교에서 다시 화학 학위를 받은 이력 때문인지, 밀라노나 이탈리아의 지방색에 얽매이지 않고 영국 딜레탕티슴의 전통을 이어받은 듯 매끄럽고 보편적인 논법을 구사해 항상 다른 이들을 즐겁게 해주었다. 페데리치 부인의 거실에서 온화하고 매력적인 대화가 오갈 수 있었던 데는,

어떤 경우든 자분자분 담담하게 의견을 펼치던 스테파노의 역할이 컸는지도 모른다.

스테파노는 페데리치 부인이 주최한 모임에 혼자 올 때도 있고 아내 라우라와 함께 올 때도 있었다. 라우라는 스테파노와 비슷하게 키가 커서 늘 굽 낮은 구두를 신었다. 키가 작은 페데리치 부인이나 내게 인사할 때면 항상 어깨를 움츠리고 몸을 구부려주었다. 파도바의 명문가 출신으로 아버지는 종종 신문 1면을 장식하는 정치인이었는데, 그녀는 큰 키와 유명인인 아버지 모두 부끄럽게 여기는 듯한 인상을 풍겼다. 스테파노가 천천히 문학론을 펼치면 라우라는 그를 보는 듯 마는 듯 가만히 귀를 기울였다. 그러다 자기 생각과 다른 얘기가 나오면 그렇지만, 하고 끼어들어서 작고 부드러운 목소리로 띄엄띄엄 제 의견을 말했다. 말을 마칠 때는 항상 내 생각은 그래요, 하고 매듭지으며 부끄러운 듯이 웃었다. 쑥스럽게 어깨만 살짝 움직이는 그녀의 웃음을 보면 문득 긴장이 풀리면서 왠지 모르게 설득당하는 기분이 들었다. 새로운 이론을 말한 것도 아니고 모두를 장악할 만한 주장도 아니었다. 오히려 대체로 지극히 평범하고 상식적인 것인데도, 다들 라우라의 의견을 여름날의 시원한 바람처럼 기다리곤 했다.

하나뿐인 여동생이 갑작스러운 병으로 세상을 뜨자 라우라는 반년 가까이 페데리치 부인의 거실에 나타나지 않았다. 라우라의 집에서 마주친 적이 있는 그 여동생은 서른이 가까운데도 독신으로 파도바의 부모 집에 살고 있었다. 키가 크고 금발인 라우라와 달리 검은 머리 검은 눈에 발랄해 보이던 그녀가 어떤 병으로 죽었는지는 끝내 스테파노에게 물어보지 못했는데, 라우라가 오래도록 홀로 품고 있던 그 고독하고 절실한 슬픔이 내게는 무척 고귀하게 느껴졌다.

어떤 이들이 모였느냐에 따라 밀라노의 명가 사람들 가십이 회자될 때도 있었다. 그럴 때는 세계적인 명성을 떨친 영화감독 루키노 비스콘티의 이름이 자주 나왔다. 페데리치가 거실뿐 아니라 밀라노 귀족들 사이에서, 특히 일정 연령층에서 '루키노'의 평판은 그다지 좋지 않았는데, 내가 느끼기로는 취미에 그쳐야 하는 일을 상품화한 것에 대한 귀족들의 속물스러운 비판 같았다. 그와 소꿉친구였다는 페데리치 부인은 "그 사람이 만든 영화는 아무리 봐도 너무 번잡해. 어릴 때는 그렇지 않았는데"라는 말로 간단히 정리해버렸다. 언젠가 페데리치 부인의 권유로 당시 화제이던 일본 영화 〈섬〉을 보러 간 적이 있다. 세토 내해의 외딴섬에서 가난한 부부가 열심히 아이를 키우며 살아가는 이야기였는데, 누벨바그풍이랄까, 대사가 거의 없는 것이 나름대로 인상적인 작품이었다. 영화가 끝나고 자리에서 일어나자 그녀는 진지한 얼굴로 불쑥 말했다. "아무리 그래도 그렇지, 왜 저렇게 불편한 곳에서 사는 걸까요? 일본도 그렇게 가난한 나라는 아니잖아요." 유럽 이야기를 할 때는 그토록 찬연한 지성을 내보이던 페데리치 부인도 일본이라는 먼 나라의 사정은 잘 모르는구나 하는 생각에 나는 마음이 허전해졌다.

비스콘티 가문과 혈연관계가 있는 귀족과 결혼한, 사람들이 파오라라고 부르던 중국인 여자도 곧잘 화제에 올랐다. 일본인인 내가 자리에 있어서였을까. 하지만 그 동양인 여자가 사교계에 등장했을 때의, 특히 여자들의 반응은 결코 긍정적이라고만은 할 수 없었다. 스테파노를 비롯한 남자들은 입을 모아 그녀의 미모와 총명함을 칭찬했지만, 몇몇 여자는 괜찮긴 해, 확실히 예쁘고 머리도 좋은 것 같아, 정도로만 말하고 입을 다물어버리곤 했다. 그러나 그것도 오래가지는 않았다. 이삼년 사이 파오라는 자신의 판도를 순조롭게 넓혀갔고, 평판도 눈에 띄게 좋아졌다. 그녀가 디자인한 보석이 사교계 여인들의 주목을 끈 것이 실마리가 되었다. 이거 원래 백작부인에게서 받은 브로치였는데 장식이 과하길래 파오라한테 부탁해 반지로 만들었어요. 센스 좋죠? 그런 식의 자랑에 이어 파오라는 정말 멋지다는 목소리가 여자들 사이에서도 일면서, 페데리치 부인의 거실에서 들리는 평판도 한결 좋아졌다. 나는 그 중국 여자를 동경하며 뒷모습이라도 좋으니 한번 보고 싶어했고, 모두가 칭찬하는 희고 가는 손가락에는 분명 진청색 비취가 제격이지 않을까 하며, 만나본 적도 없는 파오라의 모습을 상상하곤 했다.

한번은 페데리치 부인이 전화를 걸어와 사냥 마니아인 사촌이 아오스타의 산에서 잡은 영양 고기를 보내주었다며 저녁식사에 초대했다. "산티나가 소금에 절여놓았으니까 대엿새 있다가 오면 돼요."

산티나는 페데리치 부인의 개인적인 잡무부터 요리, 청소까지 혼자 해내는 경이로운 하녀였다. 중년이 지난 나이에 롬바르디아 북부 카모니카 협곡의 농촌 출신으로 체격이 좋고 부지런했다. 그러나 나름대로 인격을 재는 척도가 있어서, 페데리치가에 들락거리는 손님들을 자신의 취향에 따라 엄격하게 나누어 차별했다. 부인은 때때로 우리도 아는 친구의 이름을 꺼내며 그 사람은 산티나가 싫다고 해서 집으로 초대할 수 없어요, 하고 안타까워했다. 오늘은 산티나 기분이 좋지 않다며 우리 부부를 집 대신 레스토랑으로 초대한 적도 있다.

그래도 페데리치 부인은 산티나가 볼일을 보러 다녀온 가게나 다른 집 하인, 운전사에게서 얻은 정보를 전해 듣기를 상당히 즐기는 것 같았다. 어느 집 노인이 며느리의 권유를 뿌리치고 지광이 없이 나갔다가 계단에서 미끄러져 허리뼈가 부러졌다더라, 교구에 새로 온 젊은 신부가 미사 뒤에도 한참 기도하느라 성당을 나오지 않아서 향실 담당자가 문도 못 닫고 곤란해한다더라, 산티나가 페데리치가로 가져오는 이런 정보를 부인이 재차 전해주면 우리는 흥미로워하며 한동안 가십거리로 이야기꽃을 피우곤 했다.

처음 만드는 요리에 도전하는 것은 산티나의 장기 중 하나였는데, 그날 밤에는 일주일 가까이 소금과 와인에 절여 냄새를 빼고 부드럽게 만든 영양 고기를 푹 익혀 월귤 젤리와 함께 식탁에 올렸다. 요리 솜씨를 칭찬하면 산티나는 입을 살짝 삐죽이고 한쪽 어깨를 으쓱하며 고마워요, 하고 무뚝뚝하게 중얼거렸다. 그녀는 거의 웃는 법이 없었다. 아니면 손님들 앞에서 허물없이 웃어선 안 된다고 생각했을까.

영양 고기나 야생 꿩 구이 같은 고난도 요리뿐 아니라, 극히 일상적인 파스타나 송아지 구이 같은 음식에서도 산티나의 요리 솜씨는 충분히 발휘되었다. 파슬리와 안초비를 넣은 볶음밥 레시피나, 리소토 베이스에는 와인 대신 드라이 셰리를 넣는다는 '팁'을, 그녀는 카라바조풍 정물화가 양쪽 벽에 장식된 아름다운 식당에서 식사 시중을 들며 살짝 일러주곤 했다. 어느 날 볼일이 있어 평소와 달리 아침에 페데리치 부인의 집을 찾았더니, 산티나가 머리에 스카프를 두르고 예의 거실을 청소하고 있다가 나를 보고는 거실의 장식품 하나하나를 어떻게 닦는지 간단하고도 요령 있게 설명해주었다. 매일같이 책 이야기만 해봐야 무슨 소용이냐, 아마도 산티나는 나에게 연민에 가까운 그런 마음을 품고 있었던 건 아닐까.

페데리치 부인은 보통 롬바르디아 남부의 시골 영지에서 여름을 보냈다. 낮은 구릉이 이어진 파비아 남부, 플라타너스 가로수 길 안쪽에 있는 그 성채는 밀라노의 집과 마찬가지로 백모의 유산이라고 했다. 그런데 영지를 상속받으려면 부지 내에 가난한 노인을 위한 시설을 지어야 한다는 조건이 있었다. 내가 페데리치 부인을 알게 된 무렵부터 일본으로 돌아가기까지 십여 년 동안, 그녀가 가장 공들이던 일도 그 노인 시설과 부속 유치원을 짓는 일이었다. 노인 시설과 정원을 공유하는 유치원을 두자는 것은 그녀의 아이디어였다. "나이가 들면 아무래도 머릿속이 회색이 되니까 아이들이 주위에 있으면 좋을 것 같아요"라며, 주무 관청의 허가를 얻느라 분주했다.

어느 여름날 아침 부인은 우리 부부를 그 영지에 초대해서, 다 함께 근처에 있는 언니의 성관城館을 방문하자고 했다. 이왕 오는 김에 점심식사도 같이 하자고 해서, 어린 시절 소풍 갈 때처

럼 기분이 들떴다. 자식이 없는 페데리치 부인과 달리 네 명 정
도의 아들딸을 키워낸 언니 이야기를 부인의 집에서 종종 듣긴
했지만 직접 만난 적은 없었다.

평지에 위치해 다소 평범해 보이는 페데리치 부인의 영지에
비해, 언니의 성관은 19세기 그림이나 에칭화에서 볼 법한 야트
막한 언덕 위에 우뚝 솟아 있었다. 철문을 지나 한동안 숲속을
나아가자 갑자기 시야가 트였다. 제방 같은 경사면에 기하학적
으로 장미를 심어둔 정원 앞에 차를 세웠다. 정원 한가운데 르네
상스풍 난간이 달린 돌계단이 있고, 그 꼭대기에 페데리치 부인
의 언니 데 로비오 후작부인이 성관을 등진 채 서 있었다. 페데
리치 부인은 윤곽이 뚜렷하며 감정 표현이 풍부하고 시원스러운
성격이었는데, 한 손을 살며시 내밀어 우리를 우아하게 맞아주
는 로비오 후작부인의 몸짓은 실로 부드럽고 예스러웠다. 귀족
이라는 말 말고 달리 표현할 방법이 없는 후작부인을 보니, 온갖
일에 흥미를 가지며 부단히 돌아다니는 페데리치 부인이 왜 형
제들 사이에서 별종으로 불리는지 비로소 알 수 있었다.

예스럽기로 말하자면 그날의 점심식사도 인상적이었다. 후작
부부와 막내딸 비앙카, 몇 명의 손님이 앉은 식탁에 근사하고 화
려한 은식기와 크리스털이 놓였을 뿐 아니라 그것들을 아무렇지
않게 쓰는 사람들의 모습이 무척 놀라웠다. 그런 자연스러움은

각자의 고급스러운 옷차림에서도 느낄 수 있었다. 와인도 영지에서 난 것을 마셨는데, 우리를 환영하는 뜻으로 그날은 특별히 좋은 빈티지 와인이 나왔다. 막내딸이라지만 비앙카는 나보다 나이가 많은 중년 여자였는데, 루키노 비스콘티의 영화 〈들고양이〉의 의상 디자인팀의 일원이었다고 했다. 정말 이 사람에게 전 세계 디자이너들이 선망하는 지위에 걸맞은 재능이 있을까? 나는 불손하게도 평소 페데리치 부인의 거실에서 들은 이 가족과 비스콘티가의 오랜 교제를 떠올리며 뒷이야기를 더 듣고 싶은 마음이 간절했다. 식사 후 줄지어 흡연실로 향하는 키 큰 남자들을 눈으로 좇으면서, 페데리치 부인 뒤에도 역시나 내가 전혀 모르던 세계가 펼쳐져 있었음에 눈이 휘둥그레지는 기분이었다.

남자들이 당구를 치기 시작할 때쯤 우리 부부는 널찍한 3층 도서실로 안내받았다. 천장까지 뻗은 매끄러운 삼나무 책장을 가득 채운, 전부 같은 색의 모로코산 가죽을 두르고 책등에는 금박 제목이 박힌 선조 대대로 내려오는 장서들을 보고서, 나는 19세기 초엽 시골 귀족이었던 부친의 서고에서 홀로 책 읽기에 빠졌던 낭만파 시인 자코모 레오파르디를 떠올렸다. 이런 방이 있는 집에서 자란 사람들이 책의 포로가 되지 않고 건전하게 세상으로 나가는 것이 오히려 신기한 일이겠다 싶을 정도였다.

잠시 호전되는 듯하던 남편의 병세가 급격히 나빠지고 모든 것이 끝났을 때 가장 슬퍼해준 친구도 페데리치 부인이었을 것이다. 그날 그녀는 남편이 퇴원하면 산속에서 몸조리를 하도록 도와줄 요량으로, 아는 사람에게 집을 보여달라고 부탁해 스위스 국경 근처 마을에 가 있었다. 마침 좋은 집을 찾았는데, 하며 안타까워했다.

병원에서 죽은 남편의 유해가 밀라노 관습에 따라 성당으로 옮겨지고 그녀는 나를 파시오네 거리에 있는 자기 집으로 데려갔다. 혼자 무젤로 거리의 집으로 돌려보낼 수는 없다고 고집을 부린 것이다. 동틀녘이 가까웠지만 간병에 지쳐 있던 나는 푹 잠들었고, 이윽고 그녀의 작은 침대, 흰색 목면 시트 위에서 눈을 떠 아아, 어젯밤 일은 역시 현실이었구나, 하고 천장을 올려다보며 생각했다. 내가 침대를 차지하는 바람에 부인은 산티나의 방에서, 산티나는 다락방에서 잤다는 사실은 이틀 후 장례식이 끝나고서야 알았다.

대로의 꿈 극장

분명히 초인종이 울렸다. 시계를 보니 여섯시 반. 아직 캄캄한데 무슨 일일까. 겨울의 밀라노는 해가 늦게 뜬다. 침대에서 고개를 움츠리고 있으려니 또다시 초인종이 울렸다. 누굴까. 페피노가 일어나서 나갔다. 문가에서 수런거리는 소리가 나더니 사람이 들어왔다. 페피노도 돌아왔다. 일어나봐. 미켈레가 왔어.

이 시간에 미켈레가 웬일일까 싶었지만 이미 집안으로 들어왔는데 나가보지 않을 수도 없다. 나는 가운을 걸치고 나갔다. 창백하고 초췌한 얼굴의 미켈레가 시뇨라, 하고 말하며 울먹였다. 정말로 눈물까지 비쳤다.

어쨌든 부엌에 가서 불을 켜고 커피를 끓였다. 따뜻하다. 미켈레는 그렇게 말하며 기쁜 듯이 웃었다. 여섯시 반에 건물 관리인이 대문을 열 때까지 그는 길에서 발을 동동 구르며 기다렸다고 한다. 밀라노 중앙역 근처의 자기 집에서 내내 걸어서 왔다고. 처음에는 그냥 집에서 나오려고만 했는데 걷다보니 여기로 와야겠다는 생각이 들었단다. 석탄이 떨어져 추워서요. 집안에 가만히 있기보다 밖으로 나가 걷는 편이 나을 것 같았어요. 미켈레는 말했다.

미켈레는 에리트레아 사람이었다. 에리트레아는 19세기 말 이탈리아의 식민지였던 아프리카 북동부의 나라로, 옆나라 에티오피아와도 종교적인 이유로 분쟁이 끊이지 않았다. 2차 세계대전 후 공화국으로 독립했지만 곧 하일레 셀라시에 황제의 에티오피아제국에 합병되어 오늘날까지 독립운동이 이어지고 있다.* 중앙역과 가까운 부에노스아이레스 대로에 에리트레아 해방전선의 밀라노 쪽 아지트가 있었던 모양인데, 미켈레는 그곳에서 알게 된 친구 말에 넘어가 에티오피아 여권을 버리고 무국적자가 되었다. 그것이 1965년 무렵일 것이다.

미켈레가 이탈리아에 온 것은 1940년 초, 막 열 살이 됐을 때였다. 파시스트당 간부가 마치 여행지에서 선물을 사오듯 그를

---

* 에리트레아는 1993년 국민투표로 에티오피아로부터 독립을 선포했다.

에티오피아에서 로마로 데려온 것이다. 로마의 귀부인들은 검은 피부에 눈이 부리부리하고 팔다리가 긴 소년에게 미켈레라는 이탈리아식 이름을 붙여주고 이 집 저 집 내돌리며 귀여워했다. 해마다 사육제 철이 되면 미켈레는 베로네세나 그레코 등 르네상스 시대 거장 화가의 그림에 나오는 복장을 하고 귀부인들을 수행했다. 그러나 귀여워하기만 했지 아무도 학교에 보내거나 가정교사를 붙여주지 않아서 미켈레는 서른이 되도록 까막눈이나 다름없었다. 하나 그의 '까막눈'은 꼭 로마 귀부인들의 탓만은 아니었다. 코르시아 데이 세르비 서점에 드나들게 되고 나서도 그는 읽고 쓰기를 배우려 들지 않았다. 난 공부하면 머리가 아파. 병이 날 것 같아. 늘 그렇게 말했다. 천성적으로 공부를 싫어하고 놀기 좋아하는 것이, 마치 제페토 할아버지가 만든 나무인형 피노키오 같았다.

까막눈이라고 공공연히 밝히면서도 미켈레는 자신에게 필요한 것은 모두 알아들었다. 서점에서 책을 배달하는 일을 도왔던 걸 보면 거리 이름쯤은 읽을 줄 알았지 싶다. 본인은 그냥 감이 좋아서라고 했지만, 요컨대 글을 모른다기보다 필요한 것만 골라 읽는다고 하는 편이 맞으리라. 사실 서명만 할 줄 알면 웬만한 일상 업무에는 부족함이 없다. 글씨가 괴발개발 어설프긴 해도 자기 이름은 똑바로 쓸 줄 알았다. 정말로 글자를 모르는 시골 할아버지처럼 서명 대신 작게 열십자를 그릴 필요는 없었던 것이다.

로마에 살던 미켈레가 언제 어떻게 밀라노로 왔는지는 모른다. 일자리를 얻지 못하자 그는 코르시아 데이 세르비 서점에 드나들며 잔심부름을 하거나 배달받은 짐을 풀면서 용돈벌이를 했다. 안락한 생활은 아니었을 텐데 그에게서 고향 아프리카가 그립다는 말을 들어본 적은 없다. 그는 열 살까지 어떤 곳에서 어떤 경치를 바라보며 살았을까. 평야였을까, 고지대였을까, 아니면 도심지였을까. 어떤 사정으로 가족과 떨어져 이탈리아에 오게 되었을까. 가족들은 지금 어떻게 지낼까. 혹시 한사코 기억에서 지워버리고 싶을 만큼 막막하고 비참한 나날을 보냈던 걸까. 그런 우리의 궁금증에 아랑곳없이, 미켈레는 과거와도 미래와도 무관한 사람처럼 밀라노 거리를 떠돌았다.

서점 친구들은 미켈레에게 변변한 일자리를 찾아주려고 이래저래 여러 일을 소개했지만 모두 오래가지 못했다. 시내에 아틀리에를 갖고 있던 사진작가 파올로가 그런 유의 마지막 독지가 중 한 사람이었다. 아틀리에에서 사진 정리를 도와달라고 부른 것인데, 미켈레는 사흘도 되지 않아 페피노에게 전화를 걸어왔다. 시뇨르 페피노, 수화기 너머 목소리가 이렇게 울먹였다. 이런 데 있다간 죽어버릴 거예요. 지붕이 있는 데서는 일할 수 없어요. 하늘이 안 보이면 숨막혀서 죽을 것 같다고요. 제발 파올로 씨한테 얘기해서 나 좀 내보내주세요. 이쯤 되면 허클베리 핀이 따로 없다. 그가 자기 말에 취해 있다는 것이 빤히 보였다. 고작 사오일 전, 일주일만이라도 좋으니 열심히 일해보라는 말에 염려 말라며 장담했던 일은 까맣게 잊어버린 듯했다.

이탈리아어로 '침울하다'는 말을 '새카맣다'고 표현할 때가 있다. 미켈레도 가끔 그 단어를 썼다. 감정 기복이 심하다고 할까, 평소 상태를 봐도 엄청 기뻐하거나 슬퍼하거나 둘 중 하나였다. 슬픈 일이 있으면 서점으로 찾아와 이렇게 말했다. 페피노, 나 완전 새까매요. 페피노는 웃으며 말했다. 미켈레, 네가 그런 말을 하면 어색해. 하하, 그런가요, 하고 그도 따라 웃었다.

하나 더, 이탈리아어로 '죽는다'의 일인칭 단수 현재형도 그랬다. 그는 (자기가) '죽는다'고 말하고 싶을 때 동사변화를 잘못 구사해 '모로'라고 했다. 불규칙동사라 아이들이 자주 틀리는 단어지만 미켈레가 그러면 듣는 사람은 흠칫했다. '모로'란 흑인이나 아랍인을 뜻하는 명사이기 때문이다. 내키지 않는 일거리가 생기면 그는 슬픈 얼굴로, 이런 일을 하면 나는 모로예요, 라고 했다. 그러면 또 페피노가 그건 틀리면 안 되지, 하면서 웃는다. 네가 모로인 건 보기만 해도 알잖아. 그러나 몇 번이고 지적해도 미켈레는 똑같은 실수를 반복해 사람들을 웃겼다. 정말로 동사변화를 몰라서 그러는지, 아니면 관심을 받고 싶어서 일부러 그러는지 알 수 없었다. 피부색만 검을 뿐, 미켈레는 오뚝한 콧날에 고대 콥트 미술 초상화에 나올 법한 귀족적인 분위기의 미청년이었다.

미켈레가 새벽 여섯시 반에 우리집으로 찾아온 것은 예년과 달리 한파가 몰아치던 겨울날이었다. 중앙역 근처에는 아직 중앙난방 시스템이 없고 방 한가운데 커다란 석탄 난로를 피우고 사는 오래된 아파트가 많았다. 물론 그만큼 집세도 싸다. 미켈레도 그런 집에 살았다. 한밤중에 너무 추워서 일어나보니 석탄이 하나도 없었다. 영하 10도, 난방이 없으면 동사할 만한 날씨다. 부엌 가스불을 켜서 방안을 데울 생각은 미처 못한 모양이었다. 옷을 두둑이 껴입고 잘 생각도 전혀 못했다. 석탄이 떨어졌다는 사실이 너무도 비참해서, 다른 생각을 할 여력이 없었다. 울다보니 밖으로 나가자는 생각이 들었다.

석탄이 떨어진 이유는 아르바이트를 해서 번 돈으로 여름 양복을 두 벌이나 사버렸기 때문이었다. 초가을 세일로 너무 싸게 팔기에 그랬다고. 이야기가 두서없어서 언제 적 급료가 언제 떨어졌다는 것인지 잘 알 수 없었다. 여름옷을 사느라 석탄을 살 돈이 없어졌다니, 들을 때는 그런가보다 했지만 잘 생각해보면 어딘가 앞뒤가 맞지 않는다. 미켈레의 이야기는 종종 그랬다. 낮에 봤을 때는 마냥 재미있고 신기하지만, 밤에 잠들기 전 다시 떠올려보면 왠지 수상쩍게 느껴지는 마술처럼, 장황하게 설명할 때는 그럭저럭 수긍이 가다가도 그가 자리를 뜨고 나면 문득 앞뒤가 맞지 않거나 요점이 빗나간 대목을 알아채게 된다. 그날 밤 이야기 중에도 확실한 건 석탄이 떨어졌다는 사실뿐이었다.

한바탕 이야기하고 나니 미켈레는 한숨 돌린 듯했다. 오늘은 일하러 가야 한다며, 그는 안개가 자욱이 낀 어둑한 거리로 나섰다.

여름이 오고 밀라노 사람들이 바캉스를 떠나자 미켈레는 별다른 일 없이도 곧잘 전화를 했다. 시뇨라, 요즘 어때요? 잘 지내죠? 거리가 텅 비니 그도 쓸쓸해진 모양이었다. 매일같이 들락거리며 사람들을 만나던 서점이 8월 들어 문을 닫으면 미켈레는 어디에도 의지할 곳이 없어 보였다. 부에노스아이레스 대로도 여름에는 한적했다. 에리트레아 해방전선 사람들은 어딘가로 휴가를 간 모양이었다.

어느 해 미켈레는 베네치아 북부 아드리아 해 연안으로 바캉스를 갔다. 아르바이트하며 알게 된 친구들과 함께였다. 미켈레는 해변으로 간다고 여기저기 떠들고 다녔다. 요즘에는 돈을 함부로 쓰지 않는다고 의기양양하게 말했다. 그렇게 야단스레 떠나더니, 막상 돌아와서는 바캉스 얘기를 별로 하지 않았다. 같이 갔던 친구들과도 사이가 틀어진 모양이었다. 그는 도시를 좋아했다. 진짜 파도가 넘실대는 바다보다, 사람들이 파도처럼 오가는 대로가 더 성미에 맞았던 것이다.

미켈레가 양탄자 행상을 한다는 소문이 서점 친구들 사이에 돌았다. 허영심 강한 미켈레가 설마 그럴까 싶었는데, 어느 날 묵직한 양탄자를 메고 서점에 나타났다. 예전 같은 갈색 신발이 아니라 맨발에 튼튼한 가죽 샌들을 신고 있었다. 어쩐지 아랍인이 된 듯 보였다. 이 장사는 지붕 아래 있지 않아도 되니까 할 만해요. 그는 하얀 이를 드러내며 기쁜 듯이 웃었다. 카를라 씨, 하나 사지 않을래요? 마침 서점에 있던 자원봉사자 카를라에게 권했다가 보기 좋게 거절당했다. 너희가 파는 가짜 양탄자를 내가 왜 사니? 그럴 때 카를라는 무척이나 냉정했다. 페피노도 그날은 편들어주지 않고 타일렀다. 안 돼, 미켈레. 서점은 책을 사러 오는 곳이잖아. 여기서 양탄자를 팔면 안 되지. 미켈레는 뿌루퉁해져서 나갔지만 이삼일 지나 또 어깨에 양탄자를 잔뜩 짊어지고 나타났다.

당시 밀라노에는 양탄자를 팔고 다니는 아프리카인이 자주 보였다. 아프리카인이라는 표현은 조금 막연하지만, 실제로 양탄자 행상은 그들이 나라나 지방의 구별 없이 적은 자본으로 시작할 수 있는 일인 듯했다. 이렇게 수상쩍은 양탄자를 누가 왜 사는지, 한 장에 얼마나 하는지, 나는 전혀 짐작이 가지 않았고 미켈레에게 직접 물어볼 용기도 없었다. 어쨌든 카를라의 말마따나 미심쩍은 물건임은 분명해 보였다. 그래도 양탄자 행상은 거리에 흘러넘쳤고, 사라지기는커녕 지역에 따라선 점점 늘기까지 했으니, 장사가 되긴 되는 모양이었다.

어느 날 볼일이 있어 부에노스아이레스 대로를 걷고 있는데 앞쪽에서 키 큰 흑인이 싱글벙글 웃으면서 다가왔다. 미켈레였다. 그날은 양탄자 말고도, 역시 파는 물건인 듯한 브러시를 한 다발 어깨에 걸치고 있었다. 어디다 쓰는 브러시일까. 검은 털이 빳빳하고 손잡이가 길었는데, 끄트머리가 양탄자 사이로 뾰족 비어져나와 꼭 종교적인 제복을 걸친 것처럼 보였다. 평소보다 훨씬 키가 커 보이고 당장 춤이라도 출 듯한 기세였다. 미켈레를 만났다기보다 미켈레의 꿈을 꾼 기분이었다.

내가 커피 한잔 살게요. 미켈레가 웃으면서 말했다. 웃고는 있지만 평소와 다른 위엄 비슷한 것이 느껴져서 깜짝 놀라 새삼 그를 바라보았다. 어딘가 평소와 달랐다. 다른 사람에게 뭘 사겠다고 말하는 모습도 처음 보았다. 겁쟁이에 불평 많던 미켈레는 어디서도 찾아볼 수 없었다. 지붕 있는 곳이 성미에 안 맞는다는 말이 정말이었는지도 모른다. 그런 생각이 들 만큼, 그날 미켈레는 초여름 태양 아래 빛났다.

어느 날 밤, 꽤 늦은 시각에 친구에게서 전화가 왔다. 미켈레가 일주일이 지나도록 들어오지 않는다고 집주인이 연락해왔다는 것이다. 무슨 일인지 모르겠어. 연락도 통 없고. 근처 카페에서 미켈레의 친구들에게 물어봐도 아무도 몰라. 어떻게 해야 좋을까. 그런 얘기였다. 집주인은 어디 위험한 무리에 휩쓸린 건 아닌지 걱정하더라고 했다. 예를 들면 마피아라든가. 그러니까 왜 양탄자 같은 걸 팔고 다녀서는, 하고 나는 생각했다. 부에노스아이레스 대로와 직각으로 교차하는 몇 군데 골목길에서는 꼭 집어 말할 수는 없어도 영 수상해 보이는 사람들이 무리 지어서 길 가는 사람들을 지켜보는 모습이 자주 눈에 띄었다. 빚이라도 진 게 아닐까 걱정하는 나에게 페피노는 그래 봬도 제법 야무진 애니까 절대 위험한 일에 손대지는 않았을 거라며 위로해주었다. 듣고 보니 그럴 것도 같았지만, 미켈레가 어디서 험한 꼴을 당해 울고 있지나 않을까 상상하기도 했다.

그후 친구들이 에리트레아인들이 자주 모이는 카페에 가서 수소문해보았지만 어디서도 미켈레가 왜, 어디로 사라졌는지 알 수 없었다. 누군가와 싸운 것도 아니었다. 그저 사라졌을 뿐이었다.

부에노스아이레스 대로 근처를 지날 때마다 나는 어깨에 짊어진 색색깔 양탄자 사이로 브러시를 삐죽 끼우고서 초여름 아침 햇살 속에 웃으며 다가왔던 미켈레가 오늘도 어느 길모퉁이에서 나타나지 않을까 싶어 두근거렸다. 그날 아침 미켈레는 평소보다 훨씬 키가 크고 듬직해 보였고, 검은 피부가 햇빛에 반짝반짝했다. 그날 내게 커피를 사준 사람이 정말 우리가 알던 미켈레였을까. 가끔 그런 생각이 들기도 했다.

어쩌면 석탄이 떨어져 울며 지새운 겨울밤도, 로마 귀부인들의 총애를 받았다는 사육제의 밤도, 미켈레가 우리를 즐겁게 하려고 보여준 꿈속의 연극이 아닐까. 미켈레라는 아름다운 흑인 배우에 홀려버린 우리가 시나브로 써내려간 각본을, 그는 울고 웃으며 차례차례 연기해준 것이 아니었을까. 미켈레가 가장 멋져 보였던 초여름 날 아침, 부에노스아이레스 대로는 그의 무대였고, 나는 초대받은 줄도 모르는 태평한 관객이었는지 모른다.

가족

열일곱 살 니콜레타 시포슈가 독일인 베르트 슈미트와 결혼
하겠다고 했을 때, 어머니 노라 부인은 코르시아 데이 세르비 서
점의 친구들을 하나하나 찾아다니며 간청했다. 제발 우리 딸 좀
설득해줘. 하필이면 독일인과 결혼하겠다잖아.

큰 몸집에 풍성한 금발, 새하얀 피부, 푸른 눈을 가진 노라 부
인은 외모에서 짐작되는 바와 달리 시칠리아에서 태어나 로마에
서 자랐다. 이탈리아 남단에 위치한 시칠리아 섬 사람들은 보통
아랍인처럼 피부가 가무잡잡하고 검은 눈 검은 머리에 몸집도
작은 편이다. 그러나 가끔가다 돌연변이처럼 금발에 큰 키, 한눈
에도 골격이 다부진 북방계 사람이 보이는데, 그들은 '노르만노'
로 불리며 신기한 사람 취급을 받았다. 중세에 시칠리아를 정복

했던 노르만인의 자손이라고 했다. 노라 부인도 바로 그 전형이라 할 수 있었다. 게다가 서점 주변에서 듣기 드문 느릿한 로마 사투리를 썼고, 1930년대 영화 속 미녀처럼 화려한 분위기를 풍기는 옷차림도 서점을 드나드는 수수하고 명랑한 밀라노 여자들과 어딘지 모르게 달라 보였다.

노라 부인의 그런 취향은 어쩌면 종전 후 몇 년간 생활했던 부다페스트의 영향인지도 모른다. 아니면 화려한 처녀 시절을 보냈던 1930년대 로마의 유행이 그녀 안에 응결되어 있었던 걸까.

노라 부인은 시칠리아 태생의 이탈리아인이지만 남편 시포슈 씨, 즉 니콜레타의 아버지는 유대계 헝가리인으로 밀라노의 번화가 부에노스아이레스 대로에서 개업한 치과의사였다. 시포슈 씨는 유대인이니까, 하고 서점 친구들은 말했다. 딸을 독일인에게 시집보내고 싶지 않은 마음은 알겠어. 하지만 우리가 나설 문제는 아니지 않을까.

분명 당신과 잘 맞을 거야. 틀림없이 좋은 친구가 될걸. 그렇게 말하던 남편이 어느 날 니콜레타 시포슈를 저녁식사에 초대하자고 제안했다. 올해부터 밀라노 대학에서 경제학을 전공하게 됐대. 독일인과 결혼하고 싶어하는데 부모님이 반대하고 있어. 아버지가 유대계 헝가리인이거든. 상황을 알 만하지? 그래도 착한 애야.

열일곱 살의 니콜레타는 식사 후 우리집 서재에서, 세피아색 코듀로이 소재의 등받이 높은 일인용 소파에 파묻힐 듯이 앉아 씩씩거리다시피 열변을 토했다. 약간 허스키하고 끝부분이 잠기는 목소리. 여드름투성이 볼에 흘러내리는 아무렇게나 자른 듯한 짧은 다갈색 생머리를 한 손으로 귀 뒤로 넘기면서 이야기를 이었다. 동그란 안경알 너머의 검은 눈동자는 거만한 인텔리 소녀라는 전체적인 인상과 달리 부드럽고 다정해 보였다. 공격적인데도 어딘가 쓸쓸해 보이고, 호기심 가득하면서도 수줍음을 타는 등의 상반된 요소가 복잡한 인상을 풍겼다. 자기보다 나이가 많은 우리를 어떻게 생각하는 건지, 마치 응석받이 여동생처럼 등받이 높은 소파에서 제 이야기에만 열중했다. 우리집에 그날 처음 왔으면서도.

여름방학 때 독일어를 배우러 잘츠부르크에 갔다가 지금의 남자친구 베르트를 만나서 사랑에 빠졌고, 그의 부모는 라인 지방 시골 마을에서 작은 철공소를 하며, 전공은 전기공학이라는 것 등을 니콜레타는 열심히 이야기했다. 결혼하게 되면, 하고 이미 부모의 허락을 받았다는 양 분명한 어조로 말했다. 독일로, 아마 아헨으로 가서 우선 베르트가 졸업할 때까지 뒷바라지할 거예요. 아르바이트 같은 거라도 해서요. 그리고 엔지니어 학위를 따면 같이 밀라노로 돌아와서 이번에는 제가 경제학부를 졸업하는 거예요. 베르트는 밀라노에서 일자리를 찾으면 되니까요.

그렇구나, 하고 고개를 끄덕여주는 수밖에 없을 만큼 참으로 일방통행식 청사진이었다. 하지만 니콜레타가 돌아간 뒤 나는 오랜만에 마음이 편해졌다. 밀라노에 와서 이 년 가까이 코르시아 데이 세르비 서점이라는, 고유한 역사와 사상을 지니고서 시행착오를 거듭하면서도 막중한 목표를 향해 나아가는 공동체 주변에서 대부분의 에너지를 소진하며 살아왔기에, 앞날이 캄캄하지만 저돌적이고 자기중심적이고 미완성 그 자체인 니콜레타의 말투가 뜻밖에 신선하게 다가왔다. 어떤 사상도 없이 인생에 대해 무작정 밀어붙이는 듯한 기대와 요구가 오히려 유쾌했다. 정신적인 면에도 곡선을 과장하는 보통 이탈리아 여자와 다른 그녀의 지적인 차가움에 호감이 갔고, 보다 친근하게 느껴졌다.

이리하여 니콜레타 시포슈가 우리의 생활로 들어왔다. 서점에 올 때는 늘 어머니 노라 부인과 함께였다. 차가운 인상의 니콜레타와 달리 노라 부인은 남쪽 사람답게 상대가 민망할 정도로 애정 표현을 아끼지 않았다. 서점에서 마주치면 내 이름을 부르며 향수 냄새 풍기는 몸을 반으로 접다시피 하며 포옹해주었다. 북부 사람과 다른 거리낌없는 다정함이 반대로 밀라노 사람들의 차가움을 도드라지게 만들었다.

얼마 안 되어 니콜레타의 남자친구 베르트도 우리집 저녁식사 자리에 함께했다. 그는 오로지 니콜레타와 함께 있고 싶은 마음에 아헨의 대학을 휴학하고 독일계 전기회사 공장에서 임시직으로 일하고 있었다. 공장이 밀라노에서 북쪽으로 20킬로미터쯤 떨어진 몬차라는 도시에 있어서, 일을 마친 베르트가 차를 몰고 아무리 서둘러 오더라도 늘 아홉시가 넘어야 저녁을 먹을 수 있었다.

곱게 자란 청년이라는 인상을 풍기는 베르트는 니콜레타를 로맨틱하게 사랑했고, 독일 사람답게 점잖고 정중하게 그녀를 대했다. 니콜레타보다 열 살 가까이 많다는데 어린애다운 면이 있어 나이차가 느껴지지 않았다. 웃는 얼굴에는, 보통 성인이 대화 상대에게서 어쩔 수 없이 느끼게 되는 일종의 경계심을 한순간 잊게 만드는 무언가가 있었다. 자기중심적인 부분이 있어서 어디에 한번 마음을 정하면 마치 갖고 싶은 것밖에 보이지 않는 어린아이처럼 집요하게 매달렸다. 자기가 관심 있는 화제, 예컨대 근무하는 회사에서 개발중인 신기술 이야기가 나오면 상대방이 관심이 있는지 없는지는 아랑곳하지 않고 뭔가에 씐 것처럼 혼자서 떠들어댔다. 할말이 생긴 누군가가 베르트! 하고 큰 소리로 제지하면 순간 급정차하는 운전사처럼 황급히 입을 다물고 놀란 표정으로 사람들의 얼굴을 둘러보았다. 독일 기술은 역시 뛰어나다는 말을 오래된 후렴구처럼 즐겨 썼다.

그러나 뭐니뭐니해도 베르트의 가장 큰 핸디캡은 얼굴이 히틀러를 닮았다는 아이러니하고도 비극적인 사실이었다. 날카로운 듯 어딘가 초점이 맞지 않는 눈빛. 홀쭉한 볼. 그가 입을 열기도 전에 이탈리아 사람들은 거북함을 느끼며 긴장했고, 서점에 오는 부인들도 그의 이야기가 나올 때마다 "맞아, 닮았어" 하면서 어깨를 움츠렸다. 특히 7대3으로 가르마를 탄 앞머리가 이마로 한 가닥 흘러내리기라도 하면 누구나 여기에 콧수염만 기르면 완벽하겠다는 생각이 드는 것이었다. 애당초 대독 레지스탕스 운동으로 탄생한 코르시아 데이 세르비 서점으로서는 거의 치명적이리만큼 난처한 상황이었다.

궁극적으로는 누가 반대하고 말고의 문제가 아니었겠지만, 니콜레타는 우리의 걱정이나 부모의 반대에 전혀 귀기울이지 않고 베르트와 결혼했다. 우리집에 처음 왔던 날에서 일 년쯤 지난 무렵이었다. 이왕 정한 일이니 어쨌거나 원만한 결혼생활을 해나가기를 나는 진심으로 바랐다.

두 사람은 예정대로 밀라노에서 식을 올리고 곧 아헨으로 떠났다. 베르트가 대학을 졸업하면 돌아온다고 했지만 그게 정확히 언제가 될지는 아무도 몰랐다. 서점 친구들은 너나없이 전부

문과 계통이라 독일 공과대학에서 엔지니어 학위를 따는 데 어느 정도 시간이 걸릴지 도통 짐작할 수 없었다. 어머니 노라 부인은 서점을 드나드는 부르주아 부인들의 동정을 한몸에 받았다. 그렇게 고생해서 키운 딸을 하필이면 독일인한테 빼앗기다니. 두 사람의 결혼을 막지 못한 벌이었는지, 가톨릭 좌파는 상관없다고 생각했는지, 당시 밀라노에서는 드물게 호텔에서 열린 결혼식 피로연에 초대받은 서점 친구는 한 사람도 없었다.

슈미트 부인이 된 니콜레타의 독일 신혼생활이 그다지 즐겁지 않은 모양이라는 것은 어느 날 갑자기 날아든 편지로 짐작할 수 있었다. 타이프라이터로 다섯 장 정도를 가득 채운 장문의 편지였다. 베르트의 논문은 지지부진하다. 이과 계열 논문은 원래 이렇게 시간이 걸리는 걸까. 이웃과의 교제도 없다. 독일어 자체는 문제가 아니지만 역시 독일인의 기질에 좀처럼 익숙해지지 않는다. 어서 밀라노로 돌아가 대학을 다니고 싶다. 이런 내용뿐, 아헨이라는 북쪽 도시의 신기한 풍경이나 두 사람의 신혼집과 일상생활 등은 전혀 적혀 있지 않았다. 우리는 멀리 있는 젊은 부부를 걱정하며 하루라도 빨리 두 사람이 밀라노로 돌아올 수 있길 바란다는 답장밖에 쓸 수 없었다.

니콜레타가 대학 기말시험을 치르기 위해 베르트를 아헨에 남겨두고 한 달쯤 밀라노의 부모 집에 와 있다는 소식을 듣고, 우리는 그녀를 저녁식사에 초대했다. 식사 후 그녀는 우리집에 처음 온 날 밤처럼 서재의 등받이 높은 소파에 앉아 이야기를 했다.

조금씩 아헨 생활이 얼마나 힘들었는지를 털어놓았다. 베르트는 실험으로 바빠서 거의 집에 없다. 밤늦게까지 학교 실험실에 머무를 때도 있다. 자연히 자신은 동네 아주머니들과 어울려 하루하루를 보낸다. 때때로 독일이 견딜 수 없이 싫어져서 아무것도 하기 싫어진다. 화장실에 갔다가 그대로 하루종일 앉아 있을 때도 있어요. 신문을 읽는 것도 아니에요. 그냥 멍하니 앉아 있을 뿐이죠.

힘들겠다. 우리는 그 말밖에 할 수 없었다. 빨리 베르트의 논문이 끝나면 좋을 텐데. 힘내. 앞으로는 자주 편지할게.

밤시간이 천천히 흘러가는 가운데 니콜레타는 갑자기 입을 다물었다. 그러더니 한참 아래를 보고 있다가 뭔가 결심한 듯 고개를 들고 낮게 신음하는 듯한 소리로 말했다. 베르트는, 독일에 있는 동안은 우리 아빠가 유대인이라는 걸 아무한테도 말하면 안 된대요.

니콜레타, 나는 그녀의 이름을 부르는 것이 고작이었다. 베르트의 말은 '그런 뜻'이 아닐지도 모른다고 얘기하려 했지만 위로조차 잔혹하게 느껴져 입을 다물었다.

아빠가 나빠요, 니콜레타는 생각하기도 싫다는 듯 입술을 깨물고 어깨를 으쓱했다.

저는 아빠가 유대인이라는 걸 내내 모르고 살았어요. 전쟁중에 너무 힘든 일이 많아서 딸한테는 아무것도 모르게 하고 싶었나봐요. 제가 알게 된 것도 완전히 우연이에요. 어느 날 아빠가 없는 식사 자리에서 친구 얘기를 하다가 그애를 '유대인 돼지'라고 말했거든요. 그랬더니 엄마가 갑자기 무서운 얼굴로, 니콜레타, 그러면 못써, 네 아빠도 유대인이야, 하는 거예요. 그런 식으로 알려주는 게 어딨어요, 안 그래요? 너무 심하잖아요. 고등학생이었던 저는 세상이 깜깜해지는 기분에 한동안 멍했어요.

그날 엄마를 통해서 난생처음으로 아빠 부모님이 수용소에서 돌아가셨다는 걸 알았어요. 그때까지는 역사 속의 잔혹한 사건이라고 추상적으로만 인식하고 있었는데, 사실은 제 육체와 관련된 일이라는 걸 그날 알게 된 거예요. 무서웠어요. 어떻게 해야 좋을지 알 수 없었죠.

하지만 시간이 지나면서 이상하게 점점 괜찮아졌어요. 유대인의 피는 저와 관계없다고요. 그런 건 전쟁중의 일이고 이제는 지난 이야기라고 생각하니 아무렇지 않아지더라고요. 안 그랬으면 살아갈 수 없었을 거예요. 그래서 독일어도 배웠어요. 그렇게 해야 뭔가 이겨낼 수 있을 것 같았거든요. 베르트가 독일인이라는 이유로 부모님이 결혼을 반대하는 것도 다 지난 일에 집착하는 거라고 생각했어요. 그런데.

그런데, 베르트는. 니콜레타는 입술을 깨물고 입을 다물었다. 1946년생인 니콜레타와 1935년생인 베르트. 어떤 형태로든 전쟁을 겪었는가 겪지 않았는가 하는 결정적인 경험의 격차가 그런 생각의 차이를 가져온 것일까. 우리는 곤혹스러웠지만 두 사람 사이에 전쟁이, 나치와 히틀러 유겐트의 시대가 가로놓여 있다는 사실을 인정하지 않을 수 없었다.

밀라노에서 거의 정북 방향으로 약 50킬로미터 떨어져 있는 코모 호는 지도상에서 보면 뿌리 끝이 크게 둘로 갈라진 인삼 같은 모양이다. 둘 가운데 서쪽 뿌리는 그대로 코모 호로 불리지만 아다 강으로 이어지는 동쪽 뿌리에는 레코 호라는 이름이 붙어 있다. 이 두 개의 가늘고 긴 수면 사이에서 반도처럼 튀어나와 있는 땅은 생사生絲 산업이 활발했던 18, 19세기 무렵 밀라노의 귀족과 부호가 다투어 영지를 개발한 브리안차 지방의 북단에 해당한다. 밀라노에서 완만한 기복을 반복하며 이어진 구릉지대는 이 부근에서 갑자기 알프스 산괴의 양상을 드러내며 돌변해, 곳의 도시 베라노를 거쳐 물가로 이어진다. 구릉에서 산으로 변모하는 그 경계 즈음에 한적한 산골 마을 아소가 있고, 북부 철도라 불리는, 이탈리아에서는 보기 드문 사철私鐵이 밀라노와 이곳을 잇는다. 질 좋은 광천이 있어서 20세기 초 요양지로 잠깐 번영을 누리기도 했다.

치과의사 가브리엘레 시포슈 씨는 1966년, 아소에서 5킬로미터 정도, 바위산을 뚫고 낸 도로를 끝까지 올라가면 나오는 발브로나라는 마을 끄트머리에 오랜 염원이던 숲속의 집을 지었다.

마을 한가운데 있는 교회 뒤쪽 커다란 쥐엄나무 뒤로 가파르고 구불구불한 고갯길을 올라가면, 작은 야생 카네이션이 여기저기 군락을 이룬 목초지 경사면에, 마치 녹음에 파묻힐 듯한 모습으로 그 집이 서 있었다.

땅의 경사에 맞춰 지은 3층짜리 붉은 벽돌집은 시포슈 씨의 친구인 헝가리 사람이 설계했다고 하는데, 부호들의 별장을 기준으로 하자면 오히려 간소하다고 할 만한 건물이었지만, 이탈리아 건축에서 찾아볼 수 없는 색다른 톤의 녹색으로 칠해진 창틀의 선명한 색채가 주위 일상과 완전히 격리된 듯한 인상을 풍겼다.

니콜레타 부부도 와 있다며 시포슈 부부가 초대해준 덕에, 우리 부부는 그 산속의 집에서 남편에게는 생의 마지막이 된 여름휴가를 보냈다.

베르트는 약속대로 학위를 따자마자, 이번에는 자신의 학위를 걱정해야 하는 니콜레타와 함께 무사히 밀라노로 돌아왔다. 그 후 한동안 노라 부인은 딸의 졸업논문 이야기밖에 하지 않아서 서점 동료들의 빈축을 샀는데, 그것도 곧 완성되어 니콜레타는 경제학 학위를 취득했고, 시포슈 집안에서 당장의 걱정거리는 모두 일단락된 듯 보였다. 즉 발브로나 산속의 집은 시포슈 일가가 손에 넣은, 나름대로의 평화를 상징하는 빛나는 기념물이기도 했다.

발브로나 산속에서도 베르트는 여전히 부지런하게 매일 새로운 일에 도전했고, 어떤 때는 유익하게 어떤 때는 무익하게 불협화음을 일으키며 존재를 과시했다. 어느 날은 마을에서 소형 트럭으로 실어온 장작더미를 오전 내내 난로에 넣기 적당한 크기로 패고 있었다. 누가 좀 쉬라고 해도 자기는 남자니까 괜찮다는 둥 둘러대면서, 열시 티타임에도 들어오지 않고 창고에서 찾아온 녹슨 손도끼를 휘두르며 노동에 몰두했다. 또 어느 날은 그와 니콜레타의 애마 피아트500(나폴리노라 불리던 작지만 성능 좋은 국민차로, 1970년대 중반쯤 제조가 중지되었다)의 배기통을 교환한다며 아침 바람부터 차체 밑에 기어들어가 있었다. 지저분한 청바지를 입은 두 다리가 삐죽 튀어나온 차 옆을 지나려니 아, 마침 잘 왔어요, 하며 기어나와서는, 차 기능에 문외한인 우리를 붙들고 자신의 작업에 대해 즐겁게 강의를 펼쳤다. 점심시간이 되자 기름투성이가 된 히틀러 얼굴을 세면대에서 씻는 바람에 노라 부인에게 꾸중을 들었다. 아 정말, 베르트. 바깥 수도에서 씻고 오면 안 되겠니?

안 그래도 노라 부인은 결벽증이 꽤 심해서 씻고 털고 닦는 것이 취미라 해도 될 정도였다. 창틀처럼 헝가리풍 녹색으로 칠한 테이블이 놓인 부엌 바닥을 하루에 여섯 번, 식사 전후로 빗질하고 물걸레로 닦아야 직성이 풀렸다. 설거지 뒤에는 개수대 스테인리스를 얼굴이 비칠 정도로 닦아댔다. 부엌으로 물을 마시러 갔다가 닦아놓은 스테인리스에 물이라도 몇 방울 튀길라치면 노라 부인은 절망적인 소리를 냈다. 아아, 막 닦아놨는데 물 좀 흘리지 마요. 얼룩지잖아요. 그렇게 말하면서도 노라 부인은 금방 또 하하하 큰 소리로 웃었다. 미안해요, 내가 문제죠. 야단스럽다는 건 나도 알아요. 느릿한 그녀의 로마 사투리 탓인지, 낮고 허스키한 목소리 탓인지, 그녀의 질책에선 날카로운 가시가 전혀 느껴지지 않았고, 우리는 꾸중을 들어도 아무렇지 않은 얼굴로 그녀를 놀렸다. 쉬려고 여기까지 왔는데 그럴 생각을 안 하는 사람이 하나 있네요. 이를 어쩌나.

다들 넋 놓고 도울 생각을 하지 않는지라 노라 부인은 등을 반듯하게 펴고 수선스럽고도 우아하게(그러나 정오 가까운 시간까

지 실내복을 입은 채) 부엌을 돌아다녔다. 미안해요, 난 가만있
지를 못하거든요, 하고 예의 여유로운 목소리로 사람들에게 사
과하면서.

집안일에 책임이 없고 딱히 바쁜 일도 없던 니콜레타와 우리
부부는 태평하게 느긋한 시간을 보냈다. 남편은 거실이든 부엌
이든 그때그때 가장 방해가 안 되는 장소를 골라 혼자 책을 읽었
고, 누구보다 오래 낮잠을 잤다. 니콜레타와 나는 마감일이 없는
것이나 마찬가지인 번역 일이나, 출판사의 청탁으로 나는 문학
분야, 그녀는 사회과학 분야의 외서 개요를 작성하는 일에 몰두
하며 그에 대한 이야기를 나누는가 하면, 부엌 뒤쪽 경사진 풀밭
에 드러누워 어떻게 하면 손에 넣을 수 있는지 도무지 짐작도 가
지 않는 미래의 꿈을 좇으면서, 이것도 하고 싶다, 저것도 하고 싶
다, 공상의 나래를 펼치며 수다를 떨었다. 이런 데서 또 뭘 하고
있는 거냐. 지나가던 시포슈 씨가 우리를 보고 고개를 저었다.

완성된 지 얼마 안 된 집이라, 모든 건물이 그렇듯 여러모로
생활에 불편한 점이 하나둘 드러났다. 집 관리와 관련된 문제는
시포슈 씨의 담당이었다. 거실 난로의 굴뚝이 연기를 제대로 빨
아들이지 못하거나 장작을 보관하는 헛간에 비가 새는 등의 문
제가 생기면, 체크라는 이상한 이름의 키 크고 야윈 사내가 아랫
마을에서 고개를 넘어 찾아와, 시포슈 씨와 함께 부지 경계선을

둘러보거나 굴뚝 인부의 벽돌 공사를 뒤에서 감독했다. 도로 쪽 정원 배수구가 너무 얕지는 않은지, 여름용 장작으로는 어떤 종류로 얼마나 준비해두어야 하는지, 지하실 보일러는 좀더 커야 하지 않은지 등, 옆을 지날 때 언뜻 들려오는 시포슈 씨와 체크의 대화에는 집에 사는 이들을 안심시켜주는 울림이 있었다. 보호받고 있다는 느낌을 주는 무언가. 그런 때면 베르트가 제 의견을 내세우며 대화에 끼어들기도 했다. 시포슈 씨는 아무 말 없이 고개를 숙인 채 바지 뒷주머니에 양손을 찔러넣고 베르트의 말에 귀를 기울였다. 하지만 베르트의 제안이 채택되는 경우는 거의 없었다.

발브로나 산속의 집에서는 비가 오는 날이나 멀리 나갔다 온 다음날이면 별로 하는 일 없이 거실 난로 옆에서 오후 시간을 보내곤 했다. 여름에도 종종 불을 땠는데 그 일은 베르트와 시포슈 씨의 몫이었다. 노라 부인은 뜨개질에 여념이 없었다. 너무 웃다가 그물코를 놓치거나, 줄을 세는데 옆에서 누가 말을 걸면 발끈하거나, 쑥스럽게 웃는 시포슈 씨 손에 실타래를 걸어놓고 둥글게 감는 동안, 크리스마스 선물로 짠다는 커다란 숄이나 서점 친구 누구네 갓난아기에게 줄, 우리 눈에는 셀 수 없이 많아 보이던 작은 양말 등이 서서히 모양을 갖춰갔다. 그런 오후면 나는 시포슈 씨와 노라 부인에게 위험과 모험이 가득한 그들의 젊은 시절 이야기를 들려달라 조르고, 까마득히 오래전 할머니에게서 들은 옛날 이야기처럼 하나하나 기억의 주름에 채워넣었다.

시포슈 씨와 노라 부인이 결혼한 것은 함께 토리노의 병원에서 일하던 때라고 한다.

노라 부인은 당시 막 스무 살이 된 적십자 간호사였다. 이탈리아에서 그렇게 불리는 사람들은 보통 자원봉사자로, 정규 교육과 훈련을 받긴 하지만 직업 간호사 수준은 아니라고 한다. 선의 가득한 좋은 집안 아가씨가 일정 기간 봉사하는, 어찌 보면 숭고하지만 또 어찌 보면 속 편한 신분이다. 자신을 크로스 로시나라고 소개하는 아가씨를 몇 명 보았는데 다들 고개를 들고 (살짝 뽐내듯이) 경쾌하게 선언하는 식이었다.

토리노로 오기 직전 노라 부인은 첫 남편과 이혼한 참이었다. 시칠리아 대지주 집안에서 네 자매 중 막내로 태어난 그녀는 광대한 오렌지 농원을 운영하다 실패한 부모의 말을 따라 열아홉 살 때, 역시 시칠리아의 유복한 귀족에게 시집을 갔다. 나이차 많은 남편이 죽도록 싫었던 그녀는 결혼식이 끝나고 둘만 남자 밤새 울기만 했다. 망신을 줄 셈이냐고 남자가 권총을 들이대며 위협했는데, 그 일이 나중에 당시 이탈리아에서 무척 어렵던 이혼에 이르는 데 큰 역할을 했다.

우아하고 너그러운 노라 부인이 그렇게 막다른 상황을 견뎌냈다니 상상하기 어려웠지만 그 멜로드라마 같은 이야기가 그녀에게 잘 어울리는 듯도 했다. 대체 결혼 상대는 어떤 남자였나. 거무스름한 피부에 작고 뚱뚱한 몸. 코밑의 몽당수염. 새된 목소리로 떠들면서 포마드를 바른 검은 머리칼을 매만지는 투실한 손과 관자놀이에 도드라진 푸른 혈관. 시칠리아를 무대로 한 영화 속 악당과도 같은 묘사에 나는 몸서리치고, 노라 부인이 그런 남자에게서 용케 벗어났음을 기뻐했다. 나쁜 사람은 아니었어요. 노라 부인은 전남편을 감싸듯이 말했다. 그냥 그 사람이 싫었을 뿐이에요. 보기만 해도요.

그후 노라 부인은 마음을 다잡고 그때까지 자라온 로마를 떠나, 토리노의 시립병원에서 봉사활동을 시작했다.

그 병원에서 노라 부인은 지옥 같은 전장을 빠져나온 청년 의사 시포슈 씨를 만나 결혼하기에 이르렀는데, 시포슈 씨가 어떻게 유고슬로비아의 수용소에서 토리노의 시립병원으로 오게 되었는지, 정작 이야기의 중요한 부분은 언제나처럼 놓쳐버린 것 같다. 의사로 왔는지, 아니면 환자로 왔는지. 어쨌든 막 스무 살이 된 노라 부인이 아름답게 빛났으리란 것은 틀림없다.

두 사람은 소련이 관할하던 부다페스트로 옮겨가 살림을 차리고 니콜레타를 낳았다. 부다페스트에서도 교외였던 모양이다.

어쩌다 베개 이야기가 나왔는데(스스럼없는 친구들과 베개 이야기를 하며 오후를 보내는 일도 이제 평생 없지 않을까), 머리숱이 적은 시포슈 씨가 겨울밤 의사를 부르러 온 환자 가족을 창문 너머로 맞으며 너무 추워서 깃털 베개를 머리에 쓰고 고개를 내밀었더니, 길에 있던 남자가 큰 모자를 쓴 수녀인 줄 알고 수녀님이라고 불렀다는 이야기에 다 함께 배를 잡고 웃었다. 우리 북쪽 사람들이 고독하게 견디는 겨울 추위를 자네들이 알 턱이 있나. 눈을 부라리며 분개하는 시포슈 씨 모습에 더더욱 웃음을 멈출 수 없었다. 노라 부인이 그물코를 놓치는 것도 그런 때였다. 아직 농가에서 마차를 이용하던 시절, 시포슈 선생님이 출산이 임박한 임부에게 설사약을 먹인 뒤 마차에 태워 마을을 한 바퀴 돌면서 진통을 앞당겼다는 일화도 있었다. 아무리 종전 후의 형가리라지만, 하나같이 도저히 부다페스트 같은 대도시에서 일어났다고 생각하기 힘든 이야기들이었다.

전시중 나치 독일에 전적으로 협력했던 헝가리 왕국은 전후 소비에트 군대에 점령되어 1949년 인민공화국이 된다. 이 무렵의 사정은 역사책을 통해 다 알 수 있지만, 우리가 조금이라도 좌익적인 말을 할라치면 시포슈 씨는 그 어두운 녹회색 눈을 들고 나직하게 청하듯이 말했다. 자네들, 소련의 지배 아래 살아본 적

없는 사람들은 자유의 소중함을 절대 몰라. 이 지붕 밑에서는 농담으로라도 사회주의가 좋다는 말 따윈 하지 말아주게.

　이 정권 아래서는 아이도 제대로 키울 수 없겠다고 생각한 시포슈 씨는 우선 이탈리아 국적인 노라 부인과 니콜레타를 조국으로 돌려보냈다. 1952년 여름이었다. 노라 부인은 간호사 자격증이 있었으므로 풍족하진 않아도 그럭저럭 생계를 꾸릴 수 있었다. 니콜레타는 당시 여섯 살이었다. 어느 날 다 함께 차를 타고 브리안차 지방 산골 마을을 지나가는데 노라 부인이 나에게 말했다. 봐요, 여기예요. 내가 남편을 헝가리에 두고 돌아와서 간호사 일을 하며 니콜레타를 키운 곳이. 집집마다 돌면서 환자에게 주사를 놓아주고 생계를 꾸렸죠.

　우아한 노라 부인이 사람들이 꺼리는 그런 노동을 하며 생활했다니 도저히 믿기지 않았다. 그사이 니콜레타는 집에서 엄마를 기다리고 있었을까. 무심히 뙤약볕을 받고 있는 산골 집들을 보며 나는 텅 빈 집안에서 혼자 엄마를 기다리는, 짧은 여름옷을 입은 여섯 살의 니콜레타를 상상했다.

　시포슈 씨가 국경을 탈출한 이야기는 더욱 드라마틱했다. 그는 이듬해 봄이 오기를 기다렸다가 다뉴브 강을 건넜다. 속옷만 입고 배 밑바닥에 숨어 있었다고 한다. 만에 하나 들키면 곧장 물에 뛰어들기 위해서. 탈출을 도와준 지인들에게 피해를 주지 않으려는 배려도 깔려 있었다. 벌거벗은 사체로는 신원 파악이 어려울 테니까, 하고 시포슈 씨는 말했다. 강을 건너면 바로 오스트리아령이었으나 뭍에 오르자마자 연합국 경찰에 체포되었다. 그리고 빈으로 호송되어 미국 대사관에서 꼬박 사흘 밤낮 동안 조명 아래서 심문을 받았다. 동구권 스파이로 의심받았기 때문이다. 하긴 무리도 아니다. 그땐 정말이지 큰일이었다고 말하며, 시포슈 씨는 눈을 감고 훌렁 벗어진 이마의 땀을 훔쳤다.

헝가리에서는 외과의사로 충분히 먹고살 만했지만, 헝가리 의사 자격증으로는 이탈리아에서 일반내과밖에 개원할 수 없었다. 처음에는 노라 부인이 살던 산골 마을에서 임시 고용직으로 일했지만 수입이 적어 치과의사 자격증을 땄다고 한다. 아내와 딸의 생활수준을 적어도 중산층까지 끌어올리려면 그 길뿐이었다. 헝가리 사람이면서 이탈리아 사람과 결혼한 친구 하나는 시포슈 씨의 산속 집 담벼락을 보면 벽돌 하나하나가 시포슈 씨가 치료한 이로 보인다고 말했다. 좀 심하다 싶었지만, 십 년 남짓한 이탈리아 생활 동안 산속에 집을 지을 정도의 재산을 모은 시포슈 씨의 엄청난 생활력을 잘 표현한 말이기도 했다.

"우리같이 불쌍한 외국인한테 너무 그러지 마요." 시포슈 씨는 이탈리아어를 틀리거나 역사 연대의 오류를 지적당하면 그렇게 말하며 동정을 구했다. '우리'란 물론 그와 나를 뜻하는 것이었는데, 그럴 때 시포슈 씨는 나에게 과장된 윙크를 보내곤 했다. 부드러우면서도 무언가 끊임없이 한탄하는 듯한 울림이 있는 목소리였다. 가끔 간밤에 잠을 설쳤다는 날이면 눈 밑이 거무스름했다. 잠 못 드는 어둠 속에서 무슨 생각을 했을까 싶어 나는 괜히 서글퍼졌다.

어느 날 시포슈 씨가 아침 일찍 차를 몰고 산을 내려가 밀라노 공항으로 향했다. 여동생 에바가 헝가리에서 오는 것이었다. 그녀가 시포슈 씨의 유일한 피붙이임은 우리도 이미 알고 있었다.

여름날의 노란 태양이 뒷산에 걸릴 즈음 시포슈 씨와 함께 산속 집에 도착한 에바는, 우리와 간단한 인사만 나누고 노라 부인이 한나절 걸려 준비한 손님방으로 들어가서 나오지 않았다. 그러고는 그날 저녁식사 때도, 다음날 아침식사 때도 식탁에 모습을 보이지 않았다. 식사를 방으로 날라주고 온 노라 부인이 우리에게 피곤해서 그렇다고 설명했다. 잠시 저대로 내버려두세요.

나는 2층의 작은 손님방에 혼자 틀어박혀 있는 에바를 상상했다. 백발인지 금발인지 모를 만큼 색이 바랜 흐트러진 머리카락. 나이도 표정도 어딘가에 두고 온 듯한 에바. 그런 유럽 사람은 처음 보았다. 엔지니어 남편과 네 살배기 어린 딸이 있었는데 둘 다 나치 수용소에서 죽고 말았다. 지금은 혼자 부다페스트에 살고 있는데, 시포슈 씨 말로는 아직 정신이 불안정한 상태였다.

어느 오후 노라 부인과 십자말풀이에 열중하는 척하는데 시포슈 씨가 어두운 눈빛으로 그런 이야기를 해주었다. 온 집안의 신경이 에바의 방으로 쏠린 듯한 오후 시간, 다들 별다른 이유도 없이 거실 테이블 주위에 모여 있었다. 베르트는 여전히 밖에서 자동차를 손보는 중이었다.

가족 중 의사인 시포슈 씨만 유고슬라비아 수용소로 보내져 어찌어찌 살아남았다. 해방 후 부다페스트로 돌아오니 에바 혼자 기다리고 있었다. 부모님은 결국 돌아오지 못했다.

의사였기에 수용소에서 살아남았다니, 무슨 뜻일까. 그의 어두운 눈을 보면서 문득 해서는 안 될 생각이 머리를 스쳤다.

덕분에 푹 쉬었어요. 이튿날 저녁식사 자리에 나타난 에바가 말했다. 요리 솜씨가 좋은 노라 부인은 그날 아침 베르트를 시켜서 새콤한 아마레나 체리를 따 설탕에 졸였다. 파프리카를 넣은 특이한 맛의 헝가리식 수프 굴라시가 식탁에 오르자 시포슈 씨가 무척 기뻐했다. 아마레나나무는 거실 앞쪽에 딱 한 그루 있었는데, 며칠 전부터 익기 시작하자 매일 나무를 올려다보며 이제나저제나 수확을 기다렸던 것이다.

식탁에서 시포슈 씨와 에바는 줄곧 헝가리어로 대화했고, 가끔 노라 부인과 니콜레타도 가세했다. 여동생을 부를 때 시포슈 씨는 에바라는 이름 대신 부드러운 목소리로 에비켐이라고 불렀다. 불행한 조국의 그리움이 어린 애칭이라고 그는 설명했다.

발브로나 산속의 집에서 보낸 나날을 계기로, 우리는 니콜레타의 부모를 각각 노라와 피슈타(가브리엘레의 헝가리식 애칭)로 부르게 되었다.


대양 항로 기선처럼 튼튼한 진청색 유모차 안에 생후 사 개월의 조반니가 곤히 잠들어 있다. 광택이 도는 질긴 무명실로 짠 짧은 바지 아래로 살짝 햇볕에 탄 동그스름한 발이 나와 있다. 얼굴은 덮개에 달린 하얀 망사 커튼에 숨겨져 보이지 않는다. 유모차를 세워둔 아마레나나무 아래 작은 그늘이 생겨서, 나는 책을 읽으며 해의 움직임에 맞춰 유모차를 조금씩 움직이면 되었다. 다음번 우유 먹을 시간까지는 니콜레타가 돌아올 것이다.

1967년 8월. 6월 초에 페피노가 세상을 떠났다. 여름이 오고 밀라노가 텅 비자 니콜레타는 나 혼자 이 사막 같은 거리에 남아 있는 것은 좋지 않다고 말하기 시작했다. 엄마 아빠가 코트다쥐르에 가 있는 동안만이라도 발브로나에서 지내요. 베르트의 남동생이 독일에서 놀러와 있긴 한데, 건축과 학생이고 괜찮은 애니까 방해는 안 될 거예요. 책이라도 가져오면 되죠. 저도 여자가 하나 더 있으면 조반니를 돌볼 때 든든하고요.

노라와 피슈타가 없는 발브로나 산속의 집은 여느 때와 분위기가 달랐지만 나름대로 즐거웠다. 테이블에서 어지러이 오가는 독일어에 난처해하는 나를 배려해 베르트가 이야기 내용을 열심히 이탈리아어로 통역해주었다. 조반니가 태어나자 불현듯 부성애에 눈을 떴는지, 아니면 노라와 피슈타가 없는 동안 막중한 가장의 책임을 떠안으려 한 건지. 다부진 체격의 베르트와 달리 동생 프란츠는 호리호리하게 키가 크고 조용한 청년이었다. 독일 남자들은 이탈리아 남자들에 비해 집안일에 훨씬 도움이 된다. 베르트와 프란츠 덕분에 노라가 없는 동안에도 집안은 그다지 지저분해지지 않았고, 우리의 일상은 상당히 순조로웠다.

문제는 아마 노라와 니콜레타의 관계였을 것이다. 노라는 딸을 고생하며 키웠다는 의식을 아무래도 떨치지 못해 매일같이 니콜레타의 행동을 속박할뿐더러, 자신이 없으면 딸의 운명까지 끔찍해질 거라고 믿는 듯했다. 니콜레타는 니콜레타대로 어머니가 되고 매사에 눈빛이 바뀌었다. 특히 무슨 말썽이 생겨 베르트가 끼어들라치면 둘 중 하나가 꼭 너는 관계없는 일이니 가만있으라고 쏘아붙여서 야단맞은 개처럼 맥없이 물러나게 만들곤 했다. 아르바이트라도 하겠다며 부모의 반대를 무릅쓴 결혼 당시와 달리 니콜레타는 해가 갈수록 노라의 부르주아 취향에 물들어갔다. 번쩍번쩍한 조반니의 유모차만 해도 제복 입은 영국인 간호사들이 밀라노 상류층의 아이들을 태우고 천천히 공원을 산책하던 시절의, 다소 시대에 뒤떨어진 사회적 지위의 상징이었는데, 니콜레타는 노라가 집착하는 그런 소도구를 아무 거부감 없이 받아들였다. 베르트는 바보 같은 짓이라며 반대했지만 노라와 니콜레타의 공동전선을 당해낼 수 없었다. 미용체조, 특별 주문한 코르셋, 몬테 나폴레오네 거리의 부티크 등, 불과 이 년 전만 해도 니콜레타에게서 상상도 할 수 없던 단어들이 너무나 당연하게 그녀의 일상에 자리잡아갔다. 엄마가 그렇게 말했으니까. 그것이 니콜레타의 변명이었고, 노라는 그녀의 전지전능한 카드였다.

한편 베르트의 유치한 고집도 이따금 시포슈가 사람들의 골치를 썩혔다. 베르트가 주방 개수대에 향이 강한 화장비누를 놓았다며 노라가 화를 내는 바람에 온 집안이 대논쟁에 휩쓸린 적이 있었다. 노라는 향료가 들어가지 않은 마르세유 비누를 써야지 안 그러면 음식물에 냄새가 밴다고 주장하며 드물게 목소리를 높였다. 반응이 좀 격하긴 해도 사실 맞는 말이었다. 베르트는 이탈리아 사람들은 연약하고 사치스러워서 그런 것까지 구별하는 거라며, 또 국민성 문제를 끌어들여 모두의 짜증을 샀다. 결국 자기가 주방에서 손을 씻을 때는 굳이 욕실까지 가서 캐메이나 파모리브 같은 미국산 화장비누를 가져오며 어처구니없는 고집을 피웠다.

그러나 피슈타와 노라가 집에 없으면 두 사람은 제법 이성을 되찾는 듯 보였다. 가끔 니콜레타가 어금니를 악물고 뭐라고 대꾸하거나 베르트가 갑자기 주먹으로 테이블을 내리치긴 했지만 그런 건 어느 집에서나 흔히 볼 수 있는 부부싸움이었고, 예의 출구가 보이지 않는 삼파전과는 근본적으로 성격이 달랐다. 적어도 두 사람의 관계는 노라와 피슈타가 없을 때 훨씬 원만하게 흘러가는 듯했다.


그해 여름, 코모 호로 수영하러 가자는 얘기가 식사 자리에서 몇 번 나왔다. 마을에서 올라오는 언덕길 모퉁이의 나무 사이로 작은 파란색 손수건처럼 보이는 호수까지 내려가 몸을 담그는 것은, 여름마다 발브로나의 시포슈가를 거점으로 며칠의 휴가를 보내는 젊은이들의 마음을 사로잡는 계획이었다. 언덕길에서는 바로 아래처럼 보이지만 실제로는 구불구불한 산길을 차로 족히 한 시간은 달려야 한다. 오히려 그래서 단순히 '호수까지 가는 것'이 아니라 짧은 여행처럼 느껴져 다들 들떴다.

누가 집을 볼 것인가. 생후 사 개월인 조반니는 그런 곳에 데려가기에 아직 너무 어리다고 니콜레타가 주장했다. 베르트는 휴대용 요람에 태워가면 되니 괜찮다고 우겼다. 다녀와요, 하고 나는 제안했다. 내가 조반니와 집을 볼게요. 난 호수 수영은 별로거든요. 물이 차서 싫어요(바닷가에서 자란 나에게 그 말은 사실이었다). 거짓말, 그렇게 마음쓸 것 없어요. 거짓말 아니에요. 나가는 것보다 집에서 책을 읽는 게 더 좋기도 하고요. 오랜만에 아기한테서 해방되는 셈 치고 다녀와요. 그 말에 니콜레타는 결국 고개를 끄덕였고, 점심 설거지를 재빨리 마치고 베르트와 프란츠와 함께 슈미트가의 피아트500을 타고 산을 내려갔다.

유모차 안에서 조반니는 푹 잠들어 있었다. 이 집이 막 지어졌을 때 가냘픈 유목이던 아마레나나무는 이제 한여름 햇볕에서 갓난아기를 지켜줄 만큼 자라, 푸른 하늘을 향해 가느다란 가지를 내뻗고 있었다. 나는 책을 읽으며 이따금 날아오는 등에나 꿀벌이 유모차에 들어가지 않도록 신경쓰면 그만이었다. 하늘과 구름과 아마레나나무가 나를 은은히 감싸주었다.

1982년 여름도 끝나갈 무렵, 밀라노에 들렀다가 시포슈가에 전화를 걸었다. 일본으로 돌아와 십여 년이 지나는 동안 종종 밀라노에 가긴 했지만 시포슈가에는 연락할 때도 있고 하지 않을 때도 있었다. 이탈리아를 찾는 시기가 대체로 한여름이라 다들 도심지를 벗어나는 시기에 남아 있는 친구를 찾기 어렵기도 했고, 십 년이라는 세월이 옛 친구와의 재회를 망설이게 만들기도 했다. 머나먼 동쪽 끝 나라에서의 자질구레한 일상을 어떤 맥락으로 전해야 잘 이해해줄 수 있을까.

마침 노라는 시내에 있었다. 발브로나에서 돌아왔다가 내일 다시 산으로 떠난다고 했다. 피슈타도 이제 나이가 나이인지라 봄에는 간염으로 입원했었어요. 걱정했지만 이젠 건강해요. 지금은 발브로나에서 내가 오기를 기다리고 있어요. 북부 철도로 아소까지 가면 피슈타가 차로 마중나오기로 했거든요. 그랬었지, 하고 나는 옛일을 떠올렸다. 노라는 서점 친구들 중에서 드물게 운전을 하지 않는 사람이었다. 수화기 너머 느긋한 로마 사투리로 그녀는 한 사람 한 사람의 근황을 전해주었다. 니콜레타가 밀라노에 있으니 전화해봐요. 아이들도 다 같이 있고, 베르트도 미국에서 돌아와 있어요.

1971년 내가 밀라노를 떠난 후 니콜레타와 베르트도 네 명의 아이를 데리고 미국으로 옮겨갔다. 베르트가 근무하던 독일계 전기회사에서 그를 보스턴 주재원으로 보냈기 때문이다. 이탈리아에서 썩는 것보다 미국에서 일하는 것이 기질에 맞는지, 베르트는 재밌겠다고 말하며 의욕이 넘쳤다. 드디어 부모와 남편의 불화에 신경쓰지 않을 수 있게 된 니콜레타도 새로운 세계에 대한 기대로 불타올랐다. 도쿄로 돌아온 나는 그런 내용의 편지를 받고 니콜레타에게도 뒤늦게나마 부모 품을 떠날 기회가 왔음을 기뻐했다. 아이 넷이 딸린 그녀의 보스턴 생활과 모든 것을 처음부터 시작해야 하는 내 도쿄 생활의 번잡함에 휩쓸려, 그후로는 서로 연락이 끊기다시피 했다.

수화기 너머로 노라는 말했다. 니콜레타는 도저히 미국에서 아이를 키울 생각이 안 든다며 작년에 전부 데리고 밀라노로 돌아와버렸어요. 베르트만 거기 남겨두고요. 큰아들 조반니가 벌써 중학생이니 어떻게든 유럽에서 교육을 받게 하고 싶었대요. 베르트는 여름에만 이탈리아로 돌아와요. 변함없이 고집불통이라, 그때라도 아버지 노릇을 해야겠다면서요. 니콜레타나 아이들은 별로 필요를 못 느끼는 것 같지만 말이에요. 아쓰코 씨도 기억해요? 우리 부부가 얼마나 그애 결혼을 반대했는지. 응, 생각나죠? 그런데 얼마 전 나한테 이러더라고요. 엄마, 왜 그때 날 그 사람과 결혼하게 했어요? 그 사람 때문에 내 재능은 싹이 말라버렸어요.

니콜레타는 처녀 시절 부모와 함께 살았던 멜키오레 조이아 거리의 아파트에서 아이들과 함께 지내고 있었다. 프리랜서 저널리스트를 자칭하며, 우익이 출자한다고 알려진 출판사에서 미국 사회에 대한 책도 한 권 냈다. 지금은 아동문학에 관심이 생겨서 같은 출판사에서 낼 어린이용 책을 쓰고 있다고 했다. 이런 이야기를 하면서도 그녀의 말투에선 어딘가 자조적인 울림이 느껴졌다. 그것도 미국에 대한 책이에요? 그렇게 묻자 별로 언급하고 싶지 않은 듯 흠, 어린이 책인데 아무럼 어때요, 라고만 대답했다. 이탈리아 출판계는 썩었다며 불만을 토하는 니콜레타의 얼굴을 보면서 나는 틀림없는 사실이라고 생각하면서도 순순히 동조하지 못했다. 그 옛날 발브로나에서 책을 쓰는 사람이 되고 싶다고 말했던 그녀의 이상이 조금씩 실현되고 있는데, 왜 좀더 기쁘지가 않은 걸까.

베르트는 독일계 전기회사에서 출세해서 미국에서는 꽤 괜찮은 지위에 올랐다. 보스턴 교외의 커다란 집에 혼자 살면서, 여름마다 니콜레타와 아이들을 만나러 이탈리아로 돌아온다.

그이는 이제 나한테 성가신 사람일 뿐이에요. 니콜레타는 말했다. 나를 비판만 하고 조금도 도와주지 않아요. 나는 이탈리아를 좋아하는데, 그이는 전 세계에서 미국이 제일 좋대요. 여름에 오는 것도 순 의무감 때문이고, 와도 집에 붙어 있지 않고 매일같이 자기 회사 밀라노 공장으로 출근해요. 여전히 가만있지를 못한다니까요. 니콜레타는 억울하다는 듯 말했다. 아이들은 낮 동안 수영장에 간다 뭐다 해서 밖에 나갈 때가 많아요. 나도 바쁘고요. 그러니 베르트가 집에 없는 편이 더 좋아요. 시끄럽지도 않고.

하지만 헤어질 생각은 없다고 니콜레타는 말했다. 어차피 막상 헤어지자고 하면 아이들 때문에 부모님이 반대할 게 뻔해요. 괜찮아요. 내가 결혼 상대를 잘못 고른 거죠. 그래도 미국이랑 이탈리아에서 떨어져 살면 그럭저럭 서로 견딜 만해요.

이윽고 베르트가 회사에서 돌아왔다. 니콜레타도 나이가 느껴지지 않았는데 베르트 역시 옛날 모습 그대로였다. 예의 히틀러 얼굴에 주름이 약간 늘었나 싶은 정도였다. 식사가 준비되자 아이들도 다들 모였다.

내가 만나봤던 아이는 조반니뿐이었다. 아이가 태어났다는 소식을 듣고 병원으로 달려갔다가 처음 할아버지가 된 피슈타와 병원 현관에서 마주쳤다. 남자아이래요, 했더니 피슈타의 얼굴에 미소가 홍수처럼 번졌다. 둘이서 신생아실 유리창 너머로 누가 니콜레타의 아기일까 찾고 있는데 베르트가 다가왔다. 저쪽이에요, 손가락으로 가리키면서 그는 유대인인 피슈타와 나를 보고 자랑스럽게 말했다. 저를 닮았어요. 게르만인다운 훌륭한 아이예요. 피슈타 옆에서 그 말을 들은 나는 이런 게 피가 얼어붙는다는 느낌일까 싶어 한동안 고개를 들지 못했다. 그 훌륭한 아기의 부모는 조반니라는 이탈리아식 이름과 요한이라는 독일식 이름을 놓고 한동안 다투다가, 주위의 대세를 따라 결국 조반니라는 이름을 붙였다.

조반니 아래는 남녀 쌍둥이였다. 외할아버지와 외할머니 이름을 따 여자아이는 노라, 남자아이는 피슈타의 이탈리아식 이름 가브리엘레였다. 홍일점 노라는 니콜레타처럼 눈빛이 부드러운 가무잡잡하고 아름다운 소녀였다. 그리고 아무도 다음 아이를 생각하지 않았을 때 느닷없이 태어난 다섯 살 막내 스테파노. 곱슬거리는 금발에 눈이 파랗고 잘 웃는 아이였다. 미국에서 자라 몰라보게 뚱뚱해진 조반니가 세 동생 위에 흐리멍덩한 얼굴로 군림하고 있었다.

어린 여동생

가티가 그 얘기를 하러 우리집에 온다고 했다. 페피노가 죽은 지 일 년째 되는 해 여름이었다.

코르시아 데이 세르비 서점의 소소한 출판 부문을 책임지던 가티가 언제부턴가 제 역할을 못하게 되어 서점 친구들은 몹시 난처해했다. 중견 출판사의 편집자라는 본업이 있었던 그는 남는 시간을 이용해 서점의 월간 팸플릿 편집과 출판을 무보수로 돕고 있었기에 일손을 놓아도 서점에서 뭐라고 할 처지는 못 되었다. 그러나 가티가 맡고 있는 번역 원고 두세 편이 아무리 기다려도 책으로 나오지 않자 다들 신경이 쓰이기 시작했다. 코르시아 데이 세르비 서점은 밀라노에서 교회 쇄신운동의 주역으로 꽤 이름이 알려져 있었지만, 지방(이라고 해도 주로 북부의 몇몇 도시에 한했다) 사람들과 소통하려면 반드시 출판물이 매개되어야 했다.

힘들 것 같으면 못하겠다고 말해주면 좋겠어. 우리도 나름대로 대책을 세워야 하니까. 친구들은 말했다. 하지만 일이 늦어지는 이유를 물으면 가티는 화난 얼굴로 고개를 홱 돌릴 뿐이었다. 나한테도 사정이 있다고, 하면서.

우리는 놀이공원 롤러코스터 앞에서 가티 이야기를 하고 있었다. 카밀로와 루치아, 오후에만 임시로 서점 일을 거드는 대학원생 안드레아, 그리고 나까지, 대중없는 면면이었다. 7월을 앞둔 무더운 저녁, 서점 문을 닫고 근처 레스토랑에서 피처 맥주를 마시며 간단히 식사를 하고 나왔는데도 여전히 날이 환해서, 어쩐지 집으로 돌아가기 아쉬운 마음에 누가 먼저랄 것 없이 걷다 보니 중앙역 뒤편의 쇠락한 놀이공원까지 온 것이다. 그러나 가티 이야기가 나오자 갑자기 모두 침울해졌다. 어떻게 해결하면 좋을까. 가티가 잡고 있는 번역 원고가 반년 남짓한 사이 급속히 변한 사회 정세 탓에 은근히 시대에 뒤처져버렸고, 설령 지금 바로 출판한다 해도 그다지 팔리지 않으리란 것을 우리는 알고 있었다. 해가 지고 나서도 옅은 물빛 하늘에는 비행운 몇 줄기가 오렌지빛으로 빛났고, 그 청명한 아름다움이 친구들의 뒤숭숭한 기분과 기묘하게 대조적이었다.

네가 가티와 제일 친하니까 한번 이야기해봐. 그 말을 끝으로 친구들은 고소공포증이 있는 나만 지상에 남겨두고 제각 롤러코스터를 타러 가버렸다. 왜 이렇게 찌무룩한 날 하필 놀이공원 같은 데를 왔을까. 아버지가 기다린다며 먼저 집으로 간 가티를 부러워하면서, 나는 석양에 불타는 구름을 눈으로 좇았다.

아무래도 직접 얘기해봐야겠다고 결심하고 몇 주 후 가티에게 전화를 걸었다. 서점 일로 할말이 있으니 만나자고 하자, 수화기 너머 가티는 기분이 언짢을 때 늘 그러듯 한동안 잠자코 있었다. 가티, 서점 일이라고 해서 마음 상했다면 미안해. 어쨌든 직접 만나서 얘기하고 싶어. 내 말에 그는 먼 곳에서 들려오는 듯한 목소리로 대답했다. 좋아, 너한테는 전부 얘기할게. 내일 집으로 갈게. 식사 시간도 괜찮지?

약속대로 그는 다음날 저녁식사 시간에 찾아왔다. 저녁을 먹고 나서 우리는 포르타 비토리아의 아이스크림 가게까지 걸어가려고 집을 나섰다. 대개 여름휴가를 떠나고 거리는 인적이 드물었다. 저녁식사 후 아이스크림 가게에 가서 잡담을 나누는 것이 그해 여름 친구들 사이에서 유행이었다. 밤 아홉시나 열시쯤, 문득 생각나면 밀라노에 남아 있는 누군가에게 전화를 걸어 시내

아이스크림 가게에서 만나곤 했다.

무젤로 거리의 교차로 보도에 새빨간 알전구를 밝힌 수박 노점 주위로 사람들이 모여 있고, 옆에는 모자를 뒤로 젖혀 쓴 택시 기사들이 손님을 기다리며 둥글게 모여 심한 사투리로 떠들고 있었다. 서민들만 남겨진 거리의 해방감이 불가사의한 축제 분위기를 주위에 흩뿌렸다.

전찻길을 따라 그란데 광장 쪽으로 방향을 잡고 3월 22일 거리를 걸었다. 광장의 울창한 나무에서 가로등 불빛에 잠들지 못한 참새 떼가 요란하게 지저귀고 있었다. 가느다란 가지 끝까지 참새들이 매달리듯 앉아 있고 아래 땅은 새똥으로 하얗게 뒤덮여 있었다. 작은 새가 있는 풍경이라기보다, 해충에 황폐해진 경작지를 연상시키는 풍경이었다.

움브리아 거리 모퉁이에 이를 때까지 가티는 이렇다 할 이야기를 하지 않았다. 나도 선뜻 말을 꺼내지 못하고 서점 친구들과 놀이공원에 갔던 그 기묘한 저녁을 얘기했다. 제트코스터 같은 게 뭐 그리 재미있을까, 내가 말하자 그는 입을 삐죽이며 웃기만 했다. 낮 동안은 밀라노답게 숨막힐 듯 더운 하루였지만, 해가 저물자 스웨터가 필요할 정도로 쌀쌀했다.

원래 중앙시장이었던 그 지역은 사람과 자동차로 몹시 붐벼서 산책할 만한 길은 전혀 아니었다. 시장이 철수하고 12월, 내가 밀라노에서 처음으로 맞은 겨울에 가설 흥행장이 이곳에 들어섰다. 〈목이 긴 괴물〉이니 〈나비 여인〉이니 하는 괴기하기 짝이 없는 공연들을 했는데, 꼭 어느 먼 시골에라도 온 기분이었다. 그 뒤로는 몇 년 동안 황무지로 방치되어 있다가 공원이 되었다. 해난사고 피해자 위령비가 있는 공원의 연못은 물이 거의 말라붙었고, 조금 남은 더러운 수면에 하얀 종잇조각이 떠서 흔들리고 있었다.

걸으면서 나는 내가 하는 일과 출판사 사람들 이야기를 했다. 가티는 여느 때처럼 잠자코 들어주었다. 땀을 많이 흘리는 편이라 공기가 서늘한데도 창백한 이마에 굵직한 땀방울이 맺혀 있었다. 다림질을 하지 않은 줄무늬 손수건을 움켜쥐고 조금 귀찮다는 듯 땀을 닦으며 걷는 그에게서는, 탄탄한 체격과 달리 어딘가 허약한 어린아이 같은 구석이 느껴졌다.

공원을 지나고 나서는 수프라조 성당 쪽을 향해 전찻길을 건넜다. 별다른 특징이 없는 19세기 고딕풍 건축물로, 검은색과 자주색의 장례식용 벨벳 천이 내내 입구를 막고 있어 어딘가 불길한 느낌을 주는 성당이었다.

이 근처부터 예전에 성문이 있던 포르타 비토리아 교차로까지 100미터 정도는 상점이 늘어선 번화가다. 여름휴가로 거리가 휑뎅그렁할 때도 쇼윈도를 구경하며 산책하는 노부부나 미처 피서를 가지 못한 젊은이들로 은근히 활기를 띤다. 우리가 가려는 아이스크림 가게는 교차로 조금 못 미쳐서 오른쪽으로 꺾어든 곳에 자리잡고 있었다.

폭은 꽤 넓지만 안쪽 공간은 거의 없고, 흔해빠진 테이블과 의자가 나지막한 계산대 앞에 두 줄, 가게 바깥 좁은 보도에 한 줄 놓여 있었다. 보를 깔지 않은 테이블과 파이프 의자가 서민적인 동네답게 수수한 분위기를 풍겼고, 아이스크림 종류도 바닐라나 초콜릿, 레몬 등 아주 기본적인 것만 있었다. 당근이나 토마토 아이스크림으로 손님을 모으는 스포르차 성 부근의 세련된 가게들과는 애초부터 성격이 다르지만 맛 하나는 천하일품이었다.

한동안 기다리니 보도 쪽 자리가 비었다. 길바닥이 울퉁불퉁해서 테이블과 의자가 자꾸 기우뚱거렸다. 자리에 앉자마자 종업원이 테이블 사이로 누비며 다가왔다. 요령 있게 주문을 받고, 빈 의자 두 개를 한 손으로 들어 옆자리로 옮기고 가버렸다.

코르시아 서점 일을 하느냐 안 하느냐가 문제가 아니야. 종업원이 가고 나서 가티가 불쑥 말했다. 나는 지금 일생일대의 위기에 처해 있어. 요 한 달간, 무슨 생각을 어떻게 해야 하는지 잘 모르겠더라고.

나는 무심코 가티의 얼굴을 보았다. 입가에 살짝 미소를 지었는지도 모른다. 그렇게까지 엄살 부릴 건 없지 않나 싶어서였다.

가티는 눈길을 돌리고 말했다. 농담 아니야. 정말 이제 어떻게 해야 좋을지 모르겠어.

가티는 호주머니에서 꺼낸 종잇조각을 손가락 끝으로 작게 접으면서 말했다. 한 달 전쯤, 그러니까 너희가 놀이공원에 가고 이삼일 후의 일이야. 한동안 아버지가 몸이 좋지 않다며 거의 침대에 누워만 있었거든. 할 이야기가 있다길래 방으로 갔더니 갑자기 결혼 이야기를 꺼내는 거야.

나는 무심코 숨을 삼키고 물었다. 당신 결혼 얘기? 설마, 하고 가티는 말했다. 아버지 얘기야.

설마. 나는 선뜻 믿기지 않았다. 아버님 연세가 어느 정도였더라?

가티의 아버지는 스무 살에 자기보다 스무 살 많은 초등학교 교사였던 어머니와 결혼했다. 즉 가티는 어머니가 마흔이 넘어 얻은 아들이었다. 그 어머니가 돌아가신 후 쭉 혼자 지내던 아버지가 일흔이 가까운 지금 와서 결혼하겠다는 것은 상당히 엉뚱한 얘기로 들렸다.

왜 지금 와서 결혼을? 나는 물었다.

나도 놀랐어. 가티가 말했다. 그런데 그뿐이 아니야. 아이가 생겼거든.

뭐? 누구 아이? 나는 무심코 소리를 죽였다. 저도 모르게 인상을 썼는지도 모른다.

가티는 살짝 웃었지만 안색은 핼쑥했다. 나한테 화내지 마. 내 책임이 아니니까. 아이 어머니는…… 가티가 머뭇거렸다. 너도 알지? 우리집에 자주 오던 아가씨.

가티의 집에 전화하면 종종 여자가 받곤 했다. 혼자 살던 가티는 오 년 전쯤 어머니가 돌아가시고 쭉 아버지와 둘이 살았기 때문에 그 여자는 누구냐고 내가 몇 번 물어봤었다. 그때마다 가티는 아가씨야, 하고 애매모호한 말로 둘러댔다. 아가씨라니? 그렇게 되물으면 그런 사람이 우리집에 들락거리고 있어, 라고만 설명했다. 영 분명치 않은 대답이었는데, 친척도 아니고 그렇다고 집안일을 돕는 사람도 아닌 것 같았다. 어쨌든 가티와 나이든 아버지의 생활에 끼어들 수는 없는 노릇이었으니 그 이상 물어본 적은 없었다. 가티는 아가씨라고 했지만, 목소리로 봐서 중년 여자 같았다.

가티가 말을 이었다. 어머니가 돌아가신 날부터 종종 우리집에 들렀어. 여자 손이 부족했으니 무척 고마웠지. 아가씨는 나보다 두세 살 아래야. 전쟁고아이고, 학교를 졸업할 때까지 우리 부모님이 여러모로 뒷바라지를 해줬다나봐. 지금은 회계사무소에서 일하고 있어. 작지만 아마데오 거리에 자기 아파트가 있고, 가깝기도 하니 우리집에 자주 와.

종업원이 스푼이 담긴 물컵과 우리가 주문한 아이스크림을 쟁반에 내왔다.

오 년 내내, 난 건물 관리인이 아가씨와 나를 이상하게 생각할까봐 제법 신경이 쓰였어.

나는 가티가 그 여자의 이름 대신 아가씨라는 호칭을 고집하는 이유를 어렴풋이 알 것 같았다. 그녀와 엮이기 싫었던 것이다. 어떤 사람일까 하는 호기심에 불과하긴 했어도, 사실 가티 집에 전화를 걸었더니 중년 여자가 받더라는 이야기는 서점 친구들 사이에 이미 소문이 나 있었다.

가티는 말했다. 그래도 요즘 들어 아버지 병치레가 잦았는데 그녀가 와주는 게 고마웠어. 그런데 이런 일이 생길 줄이야.

그랬지, 나는 말했다. 네가 늘 아버지 때문에 서둘러 집으로 돌아가서 다들 은근히 걱정했어. 그냥 둬도 되지 않나 생각했던 적도 있었고.

아무리, 가티는 화난 듯이 내 얼굴을 보았다. 일흔이 다 된 노인이 몸져누웠는데 어떻게 내버려둘 수 있겠어.

그래서 그 여자는 아이를 낳겠대? 젊지는 않잖아.

벌써 마흔이 넘었어. 가티가 말했다. 그래도 낳겠대.

난감하네.

그렇지. 한데 더 난감한 일이 또하나 있어. 아이가 태어나면 관리인은 아마 내 아이라고 생각할 거야. 그것도 질색이지만, 그렇다고 아버지 아이라고 할 수도 없어. 관리인뿐 아니라 이웃들 눈이 있으니. 우리가 그 집에 산 지도 벌써 사십 년이거든.

그래. 그것도 걱정이겠구나. 나는 시피오네 거리에 있는 가티의 집, 어둑어둑한 관리소의 창문을 떠올렸다. 내가 가겠다고 전화하면 꼼꼼한 가티는 관리소에 미리 알려두었는데, 일본인에 대한 호기심인지 동그란 얼굴의 관리인 아주머니가 매번 창밖으로 고개를 내밀어 살갑게 인사했다. 살뜰하지만 수다스럽고 잔소리가 많은 타입인 듯했다.

가티, 하루라도 빨리 그 집에서 나와. 나는 물컵에 담긴 스푼을 집으며 말했다. 안 그러면 일이 꼬이겠어.

알겠어. 가티는 숟가락질을 하면서 대답했다. 아이스크림 꼭대기를 뜨지 않고 경사면을 따라 살살 허무는 방식이 묘하게 신경쓰인다고 생각하며 나는 말했다.

알겠다고만 할 일이 아니야, 가티.

우리는 열한시가 다 되어 가게를 나섰다. 가티와 함께 전철을 타고 우리집으로 와서, 집 앞 도로에 세워놓은 피아트500으로 다시 가티를 집까지 데려다주었다. 무첼로 거리와 시피오네 거리는 그리 멀지 않지만 가티의 집 쪽 전철역이 우리집과 거리가 있어서, 그가 찾아올 때면 이렇게 내가 데려다주곤 했다. 가티는 직접 운전을 하진 않았지만 내 차에 타는 것은 좋아했다. 밀라노의 8월 밤은 한산해서 가티의 집까지 십 분도 채 걸리지 않았다.

연말이 가까울 무렵, 가티는 어릴 때부터 사십 년 넘게 살았던 시피오네 거리의 집에서 람브라테의 시영묘지 가는 길에 있는 아마데오 거리의 아파트로 이사했다. 원래 아가씨의 집이었는데 이번 일로 가티가 부모님의 집 대신 물려받게 된 것이다. 도심과 훨씬 가까운 시피오네 거리의 집을 이런 식으로 단념하게 되어 가티는 억울하기 그지없는 모양이었다.

가티의 새집은 창과 문을 여닫기 편하고 벽이 얇고 바닥이 모조 대리석이라 일상생활에는 더 편해 보였지만, 한편으론 어두우면서도 묵직하고 예스러운 풍치가 묻어나던 옛집이 나까지 그리웠다.

밀라노에 온 지 얼마 되지 않아 가티의 집에 가본 적이 있다. 식사 초대를 받은 게 아니라 무슨 책을 빌리러 갔지 싶다. 한가운데 좁은 복도가 있고 양옆으로 방이 늘어선 구조였는데, 부엌에서 풍기는 젖은 행주 같은 시큼한 음식 냄새가 어두운 복도에 묵직하게 어려 있었다. 가티와 꼭 닮은, 내 눈에는 거의 할머니처럼 보이는 그의 어머니가 비틀걸음으로 침실에서 나와 따뜻한 포옹으로 맞아주었는데, 가티가 얼른 들어가라며 등을 떠밀다시피 하는 바람에 오래 보진 못했다. 세 식구가 살기에는 그리 넓지 않은 집을 하나하나 안내해주었는데, 기억나는 건 서양에서는 보기 드물게 욕실과 따로 떨어져 있고 작고 네모난 창문이 높다랗게 달려 있던 화장실뿐이다.

이것이 1920년대 밀라노의 평범한 중산층 집이라고 가티는 설명했다. 그 무렵 아버지는 무성영화를 만들었다고 한다. 당시로서는 상당히 세련된 일이었다고 가티는 자랑스레 말했다. 빠듯한 살림을 꾸려가던 젊은 인텔리 부부가 가까스로 손에 넣은 꿈의 아파트였는지도 모르겠다.

이번에 옮긴 아마데오 거리의 집은 5층이라 어느 방이나 볕이 잘 들었다. 건축가의 설계대 같은 책상 위에는 하다 만 레이아웃 일거리가 널려 있고, 단풍나무로 만든 흰색 조립식 책장이 화려한 색채의 책등과 어우러져 현대적인 인테리어 역할을 했다. 가티가 찍은 사진—그가 좋아하던 비보르드네 시골의 포플러숲이나 태양이 비치는 시냇물 풍경 등이었는데 희한하게도 모두 겨울 풍경이었다—몇 장이 액자도 없이 책장 여기저기에 세워져 있었다. 음악 애호가인 그답게 한구석에는 작은 업라이트피아노가 있었다. 침실과 부엌도 보여주었는데, 모두 신경질적으로 정돈되어 있는 것이 오히려 남자 혼자 사는 집이라는 느낌을 주었다. 시피오네 거리의 집을 잃었다고 속상해하는 거야 당연했지만, 사실은 환하고 편리한 이 집이 아주 마음에 들지 않는 것도 아닌 듯했다.

　얼마 뒤 태어난 아기를 가티는 거의 병적으로 예뻐했다. 여자아이고, 이름은 그라치아. 행복한 아이라는 뜻이었다. 가티는 애칭으로 그라치엘라라고 불렀는데 가끔은 한발 더 나아가 그라치엘리나라고 부르기도 했다. 매일같이 시피오네 거리의 아버지 집에 가서 이런저런 일을 돕고 아기도 봐주는 것 같았다. 관리인이 어떻게 보든 이웃에 무슨 소문이 나든 더는 신경쓰이지 않는 모양이었다. 이젠 리나라는 이름으로 부르는 '아가씨'는 출산 후 곧장 일하러 나갔기 때문에 산모를 보살피는 것도 가티의 몫이었다. 아버지의 수입은 혼자 살기 빠듯한 액수의 연금이 전부여서 리나가 일하는 수밖에 없었던 것이다. 아기를 보느라 내 일을 할 틈이 없어, 하고 말하기에 보육원에 맡기면 어떠냐고 했더니 가티는 정색을 하고서 그런 곳에 아이를 맡길 순 없다며 딱 잘라 거절했다. 한번은 가티를 만나 아기의 안부를 묻다가 실수로 조카는 잘 커? 하고 말한 적이 있다. 가티는 쑥스러운 웃음을 짓더니 어린아이 대하는 듯한 말투로 '여동생'이라고 정정해주었다. 가티가 찍은 사진 속 아이는 통통한 볼 하며 커다란 입, 두툼한 입술이 놀랄 정도로 가티와 닮은 모습이었다. 리나는 엄마인데도 아이를 잘 볼 줄 모른다고 가티는 푸념했다. 이러다 병이라도 나면 분명 리나가 부주의한 탓일 거라고 비난조로 말했다.

아기가 태어나면서 가티는 더이상 코르시아 데이 세르비 서점 일을 하지 않겠다고 친구들에게 선언했다. 예기치 않은 여동생의 탄생이 출판 일에서 손떼려는 구실에 지나지 않음은 누가 봐도 명백했다. 서점 입장에서도 페피노가 없는 지금 상황에서는 도저히 출판 부문을 꾸려나갈 여력이 없었으니, 가티가 그런 결론을 내려준 것이 차라리 다행이었다.

여자친구들

가판대에서 신문을 사는 남자의 옆얼굴이 마음에 걸려 나는 타려던 버스를 그냥 보냈다. 차양처럼 모지게 튀어나온 이마. 금발치고는 다소 진한 색의, 르네상스 시대 그림에 나오는 어린 천사처럼 곱슬곱슬하게 만 머리. 양끝이 살짝 말려올라간 듯한 입매. 도수 높은 안경 너머, 가늘고 눈초리가 처진 눈. 면 소재에 방수 처리를 한 멋들어진 적갈색 레인재킷을 마치 빌려 입은 것처럼 뒤웅스레 걸치고, 한 손에는 해진 가죽가방을 들고 있다. 재킷과 전혀 맞지 않는 갈색 신발. 선 채로 신문을 읽는 데 열중한 그 남자의 뒷모습을 다시 한번 돌아보고 가브리엘레, 하고 부르려다가 퍼뜩 깨달았다. 그는 벌써 일흔에 가까운 노인일 것이다. 그런데도 나는 그를 처음 만났을 때의 나이대인 청년을 보고 불러세울 뻔했다.

1991년 봄, 로마 아르헨티나 광장 버스정류장에서의 일이다. 숙소로 돌아온 뒤에도 가브리엘레 카레티의 다소 끈적거리는 듯한 말투와 타자기를 칠 때 혀를 날름거리는 버릇 등이 담배 연기처럼 주위를 떠돌아 일이 손에 잡히지 않았다.

그를 처음 만난 곳은 제노바였다. 일본을 출발해 긴 항해를 마치고 이탈리아에 상륙한 지 몇 시간, 아니, 어쩌면 한 시간도 지나지 않았을지 모르겠다. 밀라노에서 나를 마중나온 아버지의 지인 대학교수를 만나 호텔 로비에서 이야기를 나누는데 가브리엘레가 미소를 띠고서 다가왔다. 막 출간된 자기 책을 들고 그 교수를 만나러 온 것이었다. 종전 후의 이탈리아를 사회학적으로 분석해 평론가의 주목을 받은 책이라는데, 그보다도 붙임성 있게 웃는 얼굴이 인상적이었다. 말수 적고 순수한 청년이라는 생각이 들었다.

두번째로 만난 것은 육 년 뒤 런던에서였다. 8월 15일 아침, 다비드와 길모퉁이 카페에서 이야기하고 있는데 맞은편에서 다가왔다. 가브리엘레라고 해. 이탈리아에서 여기까지 나를 보러 왔어. 다비드는 그를 이렇게 소개했다. 가브리엘레는 제노바에서 나와 잠깐 스친 일을 기억하고 있었다. 그때는 존경하는 교수

168

앞이라 말수가 적은 인상이었지만, 런던에서 보니 싹싹한 달변가였다. 그가 이 주 남짓 머무는 동안 우리는 도시에 온 시골 사람처럼 매일 런던을 돌아다녔다. 런던탑에서 단두대로 쓰였다는 커다란 그루터기를 오싹한 기분으로 구경하고, 유람선을 타고 햄프턴코트까지 템스 강을 거슬러올라갔다가 돌아오는 배를 놓치기도 하고, 동물원 코끼리 앞에서 사진을 찍기도 하고, 나이깨나 먹은 어른답지 않게 한가한 여행자처럼 보낸 나날이었다. 한쪽 다리를 살짝 끌던 가브리엘레는 몸집이 큰 다비드에게 뒤처지지 않으려고 숨을 헐떡이면서도 토스카나 사람답게 기지 넘치는 농담으로 우리를 웃기곤 만족스러워했다.

그는 자신을 프리랜서 저널리스트라고 소개했다. 토스카나에서 태어났지만 보통 제노바에서 일하고, 가끔 밀라노에 오면 서점에 들렀다. 그 말고도 서점을 사랑방처럼 쓰는 사람이 몇 명 있었는데, 때로는 안쪽 어두운 방에서 흰 손가락 두 개를 팔랑팔랑 춤추듯 놀리며 타자기로 원고를 쓰기도 했다.

집에 온 남편이 가브리엘레가 서점에 왔다고 알려주면, 나는 오늘은 누구랑 왔느냐고 묻곤 했다. 그런 말버릇이 생길 정도로 가브리엘레는 여러 종류의 사람을 서점에 데려왔다. 새로운 친구, 특히 여자친구가 생기면 꼭 그랬다.

그런 사람을 우리는 가브리엘레의 사랑이라고 불렀다. 그의 사랑은 드라마틱하고 일편단심이며 일방통행이라 빠지면 빠질수록 주위 사람을 걱정시켰다. 혹시 결혼하기 싫어서 일부러 어울리지 않는 상대를 고르는 게 아닐까 싶을 정도였다.

한번은 자기보다 훨씬 연상인 잉게라는 독일 여자를 만났다. 뮌헨의 대형 신문에 정기적으로 기고하는 오페라 전문 저널리스트였는데, 젊은 시절 베를린에서 연극배우로 데뷔한 경험도 있었다. 첫 남편은 전쟁에서 죽었고, 할머니가 유대인이라 전시에는 무대에 서지 못하는 고초를 겪었으며, 종전 후 별생각 없이 (그녀는 이렇게 말했다) 결혼했던 두번째 남편과 합의이혼한 뒤로는 쭉 이탈리아에 살고 있었다. 독일인치고는 몸집이 작고 늘씬한 각선미를 자랑했으며 마흔이 넘었지만 표정에 화려함이 있었다. 그녀에게서 독일과 밀라노의 연극 평이나 배우들 뒷이야기를 듣는 것은 무척 즐거운 일이었다. 결혼한 딸이 뮌헨에 살지만 그녀는 이탈리아를 좋아해 전망 좋은 도심의 펜트하우스에서 우아한 생활을 하고 있었다.

가브리엘레는 업무 때문에 그녀와 가까워져 언젠가부터 함께 서점에 나타났다. 전쟁 전의 베를린 출생으로 몸놀림이 가벼운 잉게와, 성실함이 장점이자 그녀와 함께할 때면 마냥 부끄러움을 타는 가브리엘레의 조합은 아무리 보아도 어울리지 않았다. 그녀 앞에서는 평소의 말솜씨도 어디로 갔는지 발휘 못하고 쭈

뻣거리는 모습이 서툴러 보이기만 했다. 서점에 온 잉게가 생일날 가브리엘레에게서 커다란 장미 꽃다발을 받았다고 말하자 왠지 걱정스러워졌다. 가브리엘레의 간결한 문장과, 끊임없이 자신을 거울에 비춰보는 듯한 잉게의 표정이 어딘가 어긋나 보였다.

어느 날 잉게가 한 유명 작가의 정부라는 사실을 알았다. 밀라노 문단에서는 문학사에 오를 만큼 잘 알려진 그 사람도 하필이면 서점의 오랜 고객이었다. 이십대에 쓴 두세 편의 소설이 유명했지만 지금은 가끔 일간지에 재치 있고 경묘한 콩트를 기고하는 정도였고, 대형 보험사의 창립자인 조상에게서 물려받은 재산으로, 정원이 있는 성벽 안쪽 3층짜리 저택에서 아내 베아트리체와 세 아이와 함께 여유 있는 생활을 하고 있었다.

베아트리체는 키가 크고 귀족적인 분위기의 미인이었는데 화려한 외모와 달리 의외로 가정적인 여자였다. 그러나 명문가 출신이 아니라 시댁에서 아내의 권리를 인정받지 못했다. 그런 가운데 그녀는 철없는 남편을 보필하고 아이들을 엄하게 교육하는 한편 남편의 변덕에는 대범하게 눈을 감아주곤 했다. 작가와 잉게의 관계는 베아트리체가 남편 일에 저렇게 손놓고 있는 탓이라며 되레 그녀를 비판하는 사람도 있었다. 이야기를 듣고 우리는 가브리엘레를 동정했지만, 어찌 보면 그쪽에서 일방적으로 사랑에 빠진 것이니 잉게의 책임이라고 볼 일만도 아니었다.

얼마 안 가 가브리엘레도 진상을 안 모양인지, 한동안 서점에 발길이 뜸해졌다.

연애사는 아니었지만 가브리엘레가 패션모델 무리를 이끌고 서점에 온 적도 몇 번 있었다. 아는 사람 부탁으로 도심에서 모델들을 상대로 교양강좌 비슷한 것을 한다고 했다. 화장기는 없지만 하나같이 머리에서 바로 다리가 난 것처럼 보일 만큼 늘씬하고 키 큰 모델들이 홍학처럼 서점에 무리지어 있는 광경은 참으로 기묘했다. 그녀들도 어색한 듯 서점 안에서 한데 몰려다녔기 때문에 우연히 마주친 손님들은 활짝 핀 꽃밭에서 헤매는 모양새가 되었다. 가브리엘레는 은근히 의기양양하게, 그러나 여전히 수줍은 얼굴로 한 사람 한 사람 서점 동료들에게 소개해주었다.

이 년인가 삼 년, 어쩌면 더 오랜 기간, 가브리엘레는 염색한 금발에 빨간색 옷을 좋아하는 제노바 여자에게 집착했다. 기혼자고, 처음 서점에 왔을 때는 남편과 가브리엘레까지 셋이 동행했다. 엔지니어라는 남편은 조용하고 호감 가는 신사였는데, 언제부터인가 가브리엘레와 안나라는 이름의 부인만 서점에 오게 되었다. 서점에서 만나 다른 데로 갈 때도 있었다. 안나는 또렷한 금속성 목소리로 끊임없이 뭐라고 말하면서 반쯤은 가브리엘레를 리드하고 반쯤은 매달리는 듯한 태도를 보였다.

나는 안나와 친구가 되어 제노바로 초대받기도 했다. 그러나 내가 향한 곳은 그녀의 부모 집이었다. 선박 회사 중역이던 그녀의 아버지가 일본을 좋아해서 꼭 나를 대접하고 싶다고 했다는 것이다. 제노바 역으로 마중나온 안나와 가브리엘레를 만나서 리비에라 해안을 따라 조금 내려가자 창밖으로 온통 파란 바다가 내려다보이는 멋진 아파트가 나왔다. 여자에게 요리를 맡길 수는 없죠. 풍채 좋은 그녀의 아버지는 그렇게 말하며 아침 일찍 해변 어시장에서 사온 재료로 향긋한 제노바식 부야베스를 만들어주었다. 즐거운 식사였다. 그는 내가 한입 먹을 때마다 어때요, 일본의 생선보다 맛있어요? 하고 묻고는, 거의 비슷하다는 내 대답에 기쁜 듯 눈웃음을 지었다.

안나와 가브리엘레는 여전히 서점을 만남의 장소로 삼았는데, 점차 두 사람의 표정에서 험악함이 느껴지기 시작했다. 어느 날 가브리엘레가 병이 났다. 세 들어 살던 작은 아파트의 침실에서 열이 펄펄 끓으며 정신을 잃은 것을 안나가 발견하고 구급차를 불러 병원으로 옮겼다. 그녀는 며칠 집을 비우고서 그를 간병했다. 그러고 나서 이번에는 안나가 병이 났다. 심각한 알레르기성 피부염이라 오래 외출하기가 힘들었다. 안나는 그런 병의 경위를, 마치 둘만의 소중한 비밀을 털어놓듯 눈을 반짝이며 내게 말해주었다.

한번 다 함께 산에 오지 않겠어요? 카밀로가 그렇게 말하며 우리 부부와 가브리엘레를 자기 고향 마을로 초대했다. 여름이라 피서객으로 북적거렸지만, 카밀로가 잡아준 마을 한가운데 펜션은 조금 낡은 탓인지 손님이 뜸했다. 인파를 질색하는 우리에게는 더 바랄 것 없이 조용한 숙소였다. 카밀로의 안내로 마을 외곽의 국경선을 넘어 스위스 마을을 구경하고, 산 여기저기서 여름을 보내는 지인과 친구를 찾아가기도 했다. 피부를 찌르는 산속 아침 공기 너머로 펜션 창문에서 올려다보는 눈 덮인 알프스산맥의 풍경, 저녁식사 후 카밀로의 어머니 집에서 커다란 테이블을 둘러싸고서 듣는 마을의 옛날 이야기 모두 신기하고 눈부셨다. 사나흘밖에 머물지 않았지만 어지러운 도시생활의 피로가 풀리는 기분이었다.

우리 부부가 밀라노로, 가브리엘레가 제노바로 돌아가기 전날 밤, 펜션 난로 앞에서 밤늦게까지 이야기를 나누었다. 이따금 작게 튀면서 타오르는 장작을 바라보던 가브리엘레가 불쑥 말했다. 옛날 생각 나네요. 이런 불은 정말 오랜만에 봐요.

그날 밤 우리는 가브리엘레가 자라온 이야기를 처음 본인 입을 통해 들었다. 그의 어머니는 미혼모였다. 미혼모라고 하면 그런가보다 하겠지만, 어떤 이유로 마을에서 쫓겨나다시피 한 사람이었을 것이다. 옛날에 흔히 보이던, '동네 바보'로 불리면서 남자들에게 몹쓸 짓을 당하고 버려지던 그런 여자가 아니었을까. 등을 구부리고 띄엄띄엄 이야기하는 가브리엘레를 보며 나는 그런 생각을 했다. 장남인 그를 비롯한 가족들은 마을에서 떨어진 숲속에 오두막을 짓고 살았다.

우리는 가을이 오기만 기다렸어요. 가브리엘레는 말했다. 가을이면 밤이 익으니까. 땅에 떨어진 밤은 임자가 없거든요. 누구든 마음대로 주워먹어도 된다는 것이 그가 자란 토스카나 산악지대에서 중세부터 내려온 규칙이었다. 우리는 항상 천주머니를 갖고 다니면서 떨어진 밤을 주워 모았어요.

이야기를 들으면서 나는 로마로 가는 열차가 항상 서행하는 에밀리아와 토스카나 지방의 중간 지점, 겨울이면 온통 눈으로 뒤덮이는 산들을 떠올렸다. 아펜니노 산맥의 남쪽 사면인데, 살풍경한 고목으로 뒤덮인 산의 주름이 깊은 골짜기를 향해 꺾여 들어가고, 터널과 터널 사이에 간혹 보이는 석조 단독주택에서는 역시 단단한 돌로 만들어진 굴뚝에서 가느다란 보랏빛 연기가 피어오르곤 했다. 어머니, 그것도 마을 사람들에게 쫓겨난 어머니와 아이들의 산속 생활은 얼마나 위태로웠을까.

우리가 밤을 주워오면 어머니는 묵직하고 단맛이 나는 카스타냐차라는 빵을 만들었어요. 가난뱅이의 빵이라면서 한 조각씩 나눠주었지요.

여름이 지나고 가을이 되자 가브리엘레는 예전처럼 혼자 서점에 왔다. 안나와는 관계를 끝냈는지, 그녀 이야기는 더이상 꺼내지 않았다.

일 년쯤 지났을까. 어느 날 서점에서 만난 가브리엘레가 제노바에 오지 않겠느냐며 초대했다. 나는 여행을 아주 좋아하는 편이라곤 할 수 없지만 그렇게 친구의 초대를 받아서 가는 건 좋아했다. 가이드북이나 전문 안내인을 따르는 여행은 지식을 얻을 수 있을지언정 마음을 충족하진 못한다. 친구와 함께 본 새로운 (낯익은 길모퉁이라도 좋다) 경치는 그 친구의 냄새가 배어 오랫동안 잊히지 않는다. 어디라도 좀 다녀와. 내가 우울해하고 있으면 페피노는 곧잘 이렇게 말했다. 당신은 여행을 가면 아주 기운찬 사람이 되어 돌아오거든.

그때도 나는 곧바로 가브리엘레의 초대에 응해 제노바로 향했다. 밀라노 중앙역에서 열차를 타자 벌써부터 마음이 들떴다. 밀라노-로마, 혹은 밀라노-제노바 노선 열차는 알프스 기슭의 도심지에서 지중해 연안으로 나가기 위해 타는 것이므로, 여행객은 출발할 때부터 이미 그 바다 냄새와 수면에 비치는 태양을 마음에 담고 있다. 열차는 평탄한 롬바르디아 평야를 지나 구릉지에 접어들고, 지루해할 틈도 없이 아펜니노 산맥이 바다로 들어서기 직전에 서 있는 바위산에 다다른다. 연이은 터널에 경치가 보이지 않아 초조해하고 있을 때 제노바 역이 느닷없이 나타난다. 집들이 조금씩 많아지고 점차 도시다운 분위기가 짙어지는 경치는 이 밀라노–제노바 노선에 없다. 산속 터널을 빠져나가는 데 집중하다보면 어느새 종착역에 도착해버리기 때문에, 늘 딴 생각을 하다가 화들짝 놀라서 내리게 된다. 이런 부분도 이 노선에서 맛보는 즐거움일 것이다.

태양이 바다에 빛나는 아름다운 초여름 날이었다. 갑작스레 도착해 아직 제노바에 왔다는 실감이 나지 않는 나를 맞으러 가브리엘레가 새로운 여자친구와 함께 역에 나와주었다. 딱히 놀랄 일은 아니었다. 그가 밀라노에서 이번 여행을 권했을 때부터 나는 왠지 모르게 그녀의 존재를 느끼고 있었다. 이름은 미나, 큰 눈과 매끄러운 검은 머리가 이목을 끄는데 그림을 그린다고 했다. 전혀 팔리지 않아요, 라고 밝은 투로 말했다. 어미까지 뚜렷하게 힘주어 발음하는 것이 왠지 내 초등학교 시절 친구와 닮아서 신기하고 흥미로웠다. 그 친구도 눈이 크고 머릿결이 좋았는데, 아담한 체형까지 판박이었다. 어릴 적 친구에게 그랬듯 표코라는 별명으로 그녀를 불러보고 싶었다.

밤에는 셋이서 영화를 보러 갔다. 문화센터 같은 곳에 가브리엘레가 초대권을 보여주고 들어갔다. 당시에는 완전히 무명이었던 에르만노 올미 감독의 작품이었다. 눈경치가 많이 나왔고, 젊은이의 시선을 거친 이야기가 툭툭 끊어졌다 다시 이어지는 것이 신선했다. 꽤 유망한 감독이 세상에 나왔구나 하는 감개가 느껴졌다. 이 감독은 조만간 뜨겠는걸, 가브리엘레가 자신 있게 말했다. 미나도 그의 얼굴을 보며 응, 꼭 뜰 거야, 하고 맞장구를 쳤다.

다음날은 미나 친구에게서 피아트500을 빌려서 제노바 동쪽의 해안을 따라 친퀘테레라는 유명한 와인 산지로 향했다. 바다위로 벼랑처럼 솟은 밭에서 재배되는 포도와 올리브 잎의 하얀뒷면이 초여름의 붉은 태양에 빛나는 광경이 보이는 구불구불한 해안도로를 미나는 천천히 달렸다. 친퀘테레란 다섯 개의 육지라는 뜻으로, 예전에는 배로만 왕래할 수 있었다고 했다. 벼랑같은 밭에서 난 포도로 감칠맛 나는 화이트와인을 만든다. '육지'들에는 바위에 붙은 굴 껍데기를 연상시키는 돌집이 벼랑을따라 늘어서 있다. 인가에서 제법 떨어진 도롯가 주차장에 차를세워두고 바위 사이로 난 길을 걸어 마을로 들어갔는데, 어느 마을이나 절벽에 부서지는 파도 소리만 커다랗게 들려올 뿐 쥐죽은듯 조용했다. 다들 바위산의 포도밭에 간 모양인지, 평일의 고요함이 마을을 지배하고 있었다.

'육지' 중 한 곳인 몬테로소에 가보았다. 시인 에우제니오 몬탈레가 1920년 전후에 쓴, 그의 작품 중 가장 훌륭한 초기작들의 무대가 된 곳이다. 여기저기 울퉁불퉁한 돌담으로 둘러싸인 별장이 마을을 내려다보고 있었다. 나는 위쪽에 유릿조각을 박아넣은 담벼락이며 나뭇가지 사이로 반짝이는 바다의 풍경을 보며, 그의 시에 나오는, 말을 빼앗긴 듯한 오후의 침묵이나 햇볕에 타오르는 해바라기의 광기가 어쩌면 지금도 이곳에 굴러다니고 있지 않을까 열심히 찾아보았다.

돌아오는 길, 거의 제노바 교외에 가까운 곳에서 별 특징 없는 마을을 빠져나가는데 미나가 문득 한숨 섞어 말했다. 여기가 내가 태어난 곳이에요. 도로 옆에 높은 육교가 있고 건너편으로 공장 같은 건물이 어디나 있음직한 교외 풍경을 빚어내고 있었다. 지금도 그 집이 있어요? 내가 묻자 미나는 잠깐 가브리엘레의 얼굴을 보더니 표정이 어두워졌다. 우리집은 전쟁으로 흔적도 없이 사라졌어요. 연합군의 함포 사격을 받아서 온 동네에 평평한 맨땅만 남을 정도였죠. 그녀는 말했다. 우리가 살아남은 게 신기할 정도인걸요.

멀어져가는 차창에 뺨을 대고 역까지 바래다준 두 사람을 눈으로 좇으면서, 나는 어쩌면 이번에는 가브리엘레가 제 짝을 만났는지도 모르겠다고 생각했다.

올리브숲 속의 집

'큰아버지의 농장은 아디스아바바에서 조금 떨어진 곳에 있어. 그냥 도와줄 생각으로 왔다가 농장 경영을 떠맡게 되었어. 내가 이곳의 보스인 셈이야. 엄청나게 큰 집에 셀 수 없이 많은 하인들과 함께 살아. 농장 문에서 집까지 차로 삼십 분이나 걸려. 이 나라는 지금 불안정한 상태라서 농장과 집 주위에 총을 든 경비원이 24시간 경비를 서고 있어. 당신들은 아마 이해가 안 되겠지만 에티오피아에서는 이게 필수야. 언제 습격당할지 모르니까. 우리는 그런 긴장감 속에서 하루하루를 보내고 있어. 일보다도 이런 것들이 더 힘들어.'

부엌 입구에서 한 손에 페이퍼나이프를 든 채로 아셰르의 편지를 읽고 나는 한숨을 쉬었다. 바로 얼마 전까지 사흘이 멀다

하고 페피노와 함께 우리집으로 퇴근해서, 내가 "있는 것만 대충 차렸어" 하며 내놓은 저녁을 맛있게 먹고, 밤이 이슥할 때까지 이야기를 나누다가, 아무리 늦은 시간이라도, 아무리 안개가 심해도, 아무리 비가 억수같이 쏟아져도 조용히 밤 인사를 하고는 태연히 어두운 거리로 나서던 아셰르. 그에게서 편지를 받기란 물론 처음이었고, 왠지 현실 같지가 않았다.

큰아버지네 농장이 힘들어져서 도와주러 가게 됐어. 또 언제 밀라노로 돌아올지 모르겠어. 아셰르가 그렇게 말하고 평소와 달리 쓸쓸한 얼굴로 문을 나선 것은 불과 몇 주 전이었다. 에티오피아는 파시즘 정권 시절 이탈리아의 식민지였기에 지금도 이탈리아와 관계가 깊다. 그러나 나에게는 여전히 '머나먼' 아프리카 한 귀퉁이, 손이 닿지 않는 지구상의 한 점이었다. 편지를 보면 농장의 규모가 상당할뿐더러 누가 언제 습격할지 모르는 제법 위험한 환경으로 보이는데, 태평한 성격의 그가 어려운 사업을 잘해낼 수 있을지 은근히 걱정되었다. 우리집 부엌에서 낡은 의자를 삐걱거리며 즐겁게 떠들던 아셰르가 대문에서 집까지 차로 삼십 분이나 걸린다는 농장의 주인 행세를 하며 수많은 하인을 거느리는 광경은 조금 우스꽝스럽기도 하고 슬프기도 했다. 동시에 잘 안다고 생각했던 친구에게 내가 전혀 헤아리지 못한 측면과 능력이 있었음을 깨달은 것 같기도 했다. 그래도 나는 아셰르가 이대로 농장주가 되어버리지는 않기를 마음속으로 빌었다. 어서 밀라노로 돌아와 다시 소설을 쓰면 좋겠다고 생각했다.

아셰르 나훔이 언제부터 코르시아 데이 세르비 서점을 드나들었는지는 모른다. 폐점 시간 직전에 들어와서 서점 문을 닫는 페피노를 도와준 뒤 둘이 같이, 마치 막내동생이라도 되는 양 당연하다는 얼굴로 일주일에 한 번은 우리집으로 '귀가하게' 된 것이 언제부터였는지도 확실히 생각나지 않는다. 처음에는 일을 끝내고 서점을 나설 때 페피노가 전화를 해주었다. 아셰르 나훔하고 같이 갈게. 그러면 나는 리소토에 쌀을 한 컵 더 넣거나 2인분 대신 3인분의 스파게티를 삶으면서 그들을 기다렸다. 얼마 안 가 성을 떼고 아셰르라고만 부르게 되었고, 더 익숙해지자 페피노의 전화도 없어졌다. 여느 때와 같은 시간 벨이 울려 문을 열면 남편의 어깨 너머로 아셰르의 검은 곱슬머리가 보이고, 이어서 부드러운 눈과 햇볕에 탄 얼굴이 나타나고, 둘이서 차오(안녕), 하면서 들어섰다. 빵 가게가 이미 문을 닫아 양이 모자란 바람에 대신 파스타를 더 삶을 때도 있었다. 뭘 내놓아도 아셰르는 기다렸다는 양 맛있게 먹었다. 고기든 야채든 닥치는 대로 깨끗이 해치웠다. 그 모습을 보면 우리도 평소보다 많이 먹게 되곤 했다. 그중에서도 유독 기뻐한 것은, 부활절 무렵 좋은 고기가 들어와 새끼양고기 구이를 했을 때였다. 마치 고향집에 온 것 같다며 눈을 반짝였다.

그런 아셰르에 대해 내가 아는 것은 놀랄 만큼 적었다. 그가 유대인, 그것도 아시케나지라고 불리는 유럽계 유대인이 아니라 팔레스타인계 유대인이고, 부모와 여동생이 텔아비브에 살고 있으며, 로마에서 자랐고, 히브리어와 이탈리아어 외에도 영어와 프랑스어를 할 줄 안다, 정말 이것이 전부였다. 밀라노에서 무슨 일을 하는지도 전혀 몰랐고 어디 사는지조차 물어본 적이 없었지만, 그에게는 그런 건 중요하지 않다고 생각하게 만드는 무언가가 있었다. 아마 아르바이트 같은 일로 생계를 꾸렸을 것이다. 제대로 된 음식을 먹어본 지도 꽤 되었다, 돈이 없다며 초조해한 적도 있고, 말쑥한 양복과 검은색 넥타이, 번쩍이는 구두를 신고서 씩씩하게 들어선 적도 있었다. 별일이라는 표정을 짓자 이런 때도 있어야지, 하며 수줍게 웃을 뿐 무슨 일로 차려입었는지는 설명해주지 않았다. 나보다 어리려니 했지만 확인해본 적은 없다. 생각해보니 그에게 전화를 건 적도 없는 것 같다. 전화를 걸일이 생기기 전에 그가 서점에 나타났고, 굳이 급히 연락할 용무 같은 것도 없었다. 아셰르가 우리집에 오는 것은 잠깐 비를 피하거나 버스를 기다리며 책을 읽는 것과 비슷한 일이었다. 항상 어쩌다보니 페피노를 따라오고 말았다는 식이었고, 그런 척하는

데도 천재적이었으므로, 우리 역시 평소와 별반 다르지 않은 기분으로 그를 맞이할 수 있었다. 대접을 잘하는 사람이 있듯이, 아셰르는 아마 대접을 잘 받는 사람이라 할 수 있을 것이다.

어느 날 아셰르가 차를 샀다. 물론 중고였고 란치아인지 뭔지 하는, 신차로는 상당히 고급이었을 텐데 아셰르가 샀을 때는 고색창연하다고 해도 될 정도로 연식이 오래되고, 차체 여기저기 울퉁불퉁한 흠집이 있고 광택도 죽었을뿐더러 원래 색깔마저 선명하지 않았다. 시동을 걸면 부앙 소리를 내며 차체가 한동안 애달프게 떨었다. 곧바로 움직일 때도 있지만 그러지 못할 때도 있었다. 그래도 없는 것보다는 낫다고 그는 말했다. 아셰르는 그 차에 카테리나라는 이름을 지어주고 애지중지하면서, 군데군데 찢어진 좌석 시트를 화려한 꽃무늬 테이블보로 덮었다. 여자니까 예쁘게 꾸며줘야 한다면서. 도저히 차를 살 형편이 못 됐던 우리 눈에는 그런 차라도 가질 수 있는 아셰르가 꽤나 주변머리 있는 사람처럼 보였다.

어느 주말, 우리 부부는 서점 친구 중 하나인 변호사의 별장에 초대받았다. 정중한 사람이라 우리집까지 아들을 시켜 데리러 오겠다고 했는데, 아셰르가 카테리나로 데려다주겠다고 나섰다. 돌아올 때만 그쪽 차로 태워달라고 하라는 것이었다. 우리야 아주 편한 사이는 아닌 변호사 아들의 최신형 메르세데스 벤츠를 타고 예의 차린 대화를 나누는 것보다, 제대로 움직여주기만 한다면 카테리나를 타고 가는 것이 몇 배는 더 드라이브를 즐길 수 있을 듯했기에 기꺼이 아셰르의 제안을 받아들였다. 별장은 밀라노에서 동북쪽으로 80킬로미터쯤 떨어진 스위스 국경 근처에 있었다.

언제 멈춰버릴지 몰라. 멈추면 그걸로 끝장이야. 꽤나 겁을 주면서 밀라노를 뒤로했는데, 카테리나는 부앙부앙 미덥지 못한 소리를 내면서도 기특하게 목적지까지 무사히 달려주었다. 일본에 비해 낡은 자동차가 많은 이탈리아에서도 상당한 고물 축이었기에 카테리나는 아무래도 사람들의 눈을 끌었다. 아랍계로 보이는 아셰르가 운전하고, 그 옆에는 누가 봐도 동양인인 내가 앉았고, 뒷좌석에선 페피노가 졸고 있었다. 게다가 셋 다 이런 종류의 차에 어울릴 만한 젊은이가 아니라 중년 남녀였으니 참으로 기묘한 광경이었을 것이다. 밀라노에서 교외로 나가는 고속도로에 들어서기 직전, 센피오네 거리 교차로에서 신호에 걸려 멈춰 서자, 하교하는 듯한 남자아이 한 무리가 저것 보라며 왁자지껄하게 다가오더니 차 지붕을 마치 커다란 고양이를 다루듯 천천히 손으로 어루만졌다. 우리는 꼭 누가 자기 머리를 쓰다듬는 것처럼 분한 기분이 들었다.

밀라노를 출발할 때까지의 기억은 또렷한데 그후로 무슨 일이 있었는지는 이상하게 기억이 흐릿하다. 초여름이었던 건 확실한데, 브리안차 지방의 푸르른 녹음도, 일부러 길을 돌아서 갔던 루가노 호 너머, 스위스 초콜릿 상자에 나오는 사진처럼 눈을 뒤집어쓴 알프스 산맥이 보였는지 어땠는지도 그날의 추억으로는 남아 있지 않다. 카테리나가 언제고 서버리지 않을까 하는 것이 우리의 최대 관심사였던 탓일까. 아니면 아셰르가 특유의 마법으로 즐거운 여행까지도 평범한 일상의 사건으로 바꿔버렸기 때문일까. 지인의 별장에 도착하자 아셰르는 저녁이라도 함께 먹자는 변호사 일가의 청을 정중하게 거절하고 지체 없이 혼자 밀라노로 돌아가버렸다. 우리집에서 이야기를 나누다 한밤중에 혼자 거리로 나설 때처럼 태연하게.

아셰르가 결혼 선언을 했다. 너무도 갑작스러웠다. 적어도 나에게는. 어느 날 밤 평소처럼 페피노를 따라 들어와 식탁에 앉더니, 에잇, 빨리 말해버리자, 하듯이 나를 똑바로 바라보며 조그맣게 말했다. 저기, 나 이번에 결혼해. 상대는 로마에서 고등학교 다닐 때 친구야(그러고 보니 아셰르에게서 대학교 이야기를 들은 적은 없는 것 같다. 아마 대학교는 가지 않았을 것이다). 옆에서 잠자코 웃는 페피노는 이미 아는 모양이었다. 미리암이라는 신부 역시 이탈리아에서 자란 유대인으로, 아셰르와 마찬가지로 부모가 텔아비브에 살고 있어서 결혼식은 이스라엘에서 한다고 했다. 유대교 결혼식은 지루하고 복잡해, 하고 아셰르는 덧붙였다. 가족 전원이 모이는 것이 원칙이라, 미국이나 인도네시아에 있는 친척들도 그날 하루를 위해 이스라엘로 온다고.

삼십대 중반이 넘어서도 생활의 중심이나 체계 같은 것이 전혀 없는 듯한 그가 결혼이라니, 누가 봐도 축복할 만한 일이었다. 이제 끼니도 제대로 챙기지 못하고 밤거리를 돌아다니는 일은 없을 것이다. 그도 무척 기쁜 듯했다.

결혼식을 위해 아셰르는 이스라엘로 돌아갔다. 그러나 원래 말한 것과 달리 식이 끝나고도 밀라노로 돌아오지 않고 그대로 텔아비브에서 신접살림을 차렸다. 결혼식 사진 같은 것은 보내지 않았지만, 이탈리아에서 봄보니에레라고 하는 작은 주석 상자에 두 사람의 이름을 인쇄한 카드와 아몬드 설탕과자를 넣어 우편으로 보내왔다. 작은 카드에는 일자리를 찾았다, 당분간 이탈리아로 돌아갈 생각은 없다는 내용이 적혀 있을 뿐이었다. 아마 부모의 주선으로 안정된 직장을 찾은 모양이라고 우리는 생각했다. 어쩌면 팔레스타인계 유대인이 유럽에서 일자리를 찾기란 생각보다 힘들었는지도 모른다. 그러나 두 사람이 어떤 집에 살고 하루하루를 어떻게 보내는지, 밀라노나 이탈리아가 그립지는 않은지, 그런 것은 전혀 알 수 없었다.

결혼한 지 이 년도 되지 않아 아셰르는 미리암과 헤어지고 다시 밀라노로 돌아왔다. 어느 날 밤 페피노와 함께 들어와 차오, 정말 오랜만이네, 나 미리암과 헤어졌어, 하면서 외투를 벗어 옷걸이에 걸었다.

훨씬 나중에야 아셰르는 미리암이 아이를 원치 않은 것이 헤어진 원인이었다고 말했다. 나는 아무래도 아이를 갖고 싶었거든. 자손이 없는 유대인의 삶은 의미가 없으니까. 저렇게까지 이를 악물고 단호하게 말하는 아셰르는 처음 본다고 나는 생각했다.

어느 날 밤 식사 후 오렌지를 먹으면서, 당시 베스트셀러 자리를 꾸준히 지키던 나탈리아 긴츠부르그의 자전적 소설에 대해 이야기한 적이 있다. 아셰르는 긴츠부르그가 유럽계 유대인이라는 사실에 어딘가 위화감을 느끼는 것 같았다. 우리랑은 좀 달라. 아셰르의 그 말 뒤에 숨은 사정을 나는 잘 알지 못했다. 그러나 그런 아셰르도 『가족어 사전』에는 경의를 표했다. 일정 시기 이탈리아의 역사를 이 정도로 자연스럽게 풀어낸 책은 또 없을 거야. 게다가 이탈리아 문학치고는 드물게 유머까지 갖췄지. 당신은 어떻게 생각해?

자신의 말을 문체로 완성했다는 점이 훌륭하지. 나는 말했다.

이 작품의 주제도 마찬가지야. 무명의 가족 한 사람 한 사람의 삶이 소설인 척하는 구석 없이 허구화되어 있거든. 읽고서 아, 이건 내가 쓰고 싶었던 소설인데, 하고 생각했어. 하지만 아셰르, 당신 말처럼 유대인의 계통에 차이가 있다는 생각은 지금까지 해본 적 없었어.

얼마 안 있어 아셰르가 소설을 썼다. 집필중이라며 우리집에 다소 발길이 뜸해진 것이 아마 두 달쯤 되었지 싶다. 어느 날 밤 부끄러운 듯이 웃으며, 드디어 완성했어, 이거 내 소설이야, 하면서 묵직한 오렌지색 봉투를 식탁에 올려놓았다. 페피노가 읽긴 했지만 당신도 꼭 읽어주었으면 해. 읽어보고 뭐든지 좋으니까 기탄없이 비평해줘. 두 줄씩 띄워 깔끔하게 타이핑한 이백 쪽 정도의 이탈리아어 원고였다.

소설은 텔아비브 교외 올리브숲 속의 단독주택에 사는 젊은 부부의 이야기였다. 외국 고등학교에서 함께 공부했던 두 사람은 이스라엘에서 일자리를 구한 뒤 다시 만나 사랑에 빠진다. 청년의 이름은 귀도, 여자의 이름은 마라. 매일 아침 두 사람은 집을 나서 각자 일터로 향한다. 그래서 올리브숲 속의 집은 낮 동안 텅 비어 있다. 두 사람이 각자 일을 마치고 돌아올 때까지.

마라는 몸집이 작은데다 머리카락이 길고 탐스러웠다. 귀도는 마라의 머리카락을 볼 때마다 엄숙한 결혼식 후 처음으로 베

일을 벗었을 때의 그녀를 떠올린다. 마라는 살짝 창백한 얼굴로 가만히 귀도의 얼굴을 바라보았다. 머리카락만 검게 빛나고 있었다.

마라는 숲속을 흐르는 시냇물처럼 맑은 목소리로 자주 노래를 부른다. 올리브숲 속의 집은 밤과 아침마다 마라의 노랫소리로 불이 밝혀지는 듯했다.

일 년 동안 행복한 나날이 이어진다. 적어도 귀도는 그렇게 생각한다. 하지만 어느 날 귀도가 일터에서 돌아오자 마라가 없다⋯⋯

마라는 올리브숲 속의 집에 귀도를 홀로 남겨둔 채 부모에게로 돌아가버린 것이다. 부엌 테이블 위에는 '이제 당신과 같이 살고 싶지 않아'라는 마라의 편지가 놓여 있다.

그뒤로는 사라진 마라에 대한 귀도의 절절한 그리움이 장황하게 이어졌다. 두 사람의 행복한 나날을 서술하는 대목에서만 투명한 서정성이 흘러넘쳤다.

전체적으로 소설보다는 동화에 가까웠다. 아셰르는 아마 눈깜짝할 사이 끝나버린 자신과 미리암의 결혼생활을 그리려 했겠지만, 충분히 거리를 두고 객관화하지 못해서, 작가의 개인적인 탄식이 시칠리아 장례식의 곡소리처럼 울적하게 일렁이며 작품의 인상을 약화시켰다. 중요한 장면에서 핵심에 닿기를 회피하는데 이 역시 작품이 어중간하게 끝나버리는 원인 같았다. 페피노의 의견도 대체로 나와 같았다.

그래도 나는 『귀도』라는 그 소설이 좋았다. 아마 작가인 아셰르의 심정으로 읽었기 때문이리라. 떠난 미리암의 심정을 전혀 이해하지 못하는 아셰르가 애처로웠다. 왠지 나도 텔아비브의 올리브숲 속의 집에 한때 살아본 기분이 들었다. 밤이면 드문드문한 올리브나무 가지 사이로 저멀리 2층 방의 불빛이 보이는 그런 집이 머릿속에 어렴풋이 떠올랐다.

아셰르는 소설을 카본지에 복사해 서점의 카밀로와 가티에게도 읽어달라고 부탁했다. 그중 누군가, 설령 단 한 사람이라도 좋으니 걸작이라고 칭찬하며 대형 출판사에 보내주기를 내심 기대하는 것 같았다. 평소에는 무슨 일이든 신사적이고 멋진 친구던 아셰르도 이 일에 대해서만은 상당히 집요했다. 이봐, 내 소설 읽어봤어? 아셰르가 작은 소리로 묻는 것을 서점 친구들은 두려워했다. 단행본을 생각한다면 좀더 길게 쓰는 게 어떠냐, 내가 아는 출판사에는 이거랑 맞는 장르의 책이 없다는 식의 뻔한 변명이 저물녘 거리의 박쥐처럼 코르시아 데이 세르비 서점을 이리저리 날아다니며 모두를 난처하게 만들었다.

드디어 한 친구가 시집을 전문으로 내는 작은 출판사를 소개해주어서 소설 『귀도』는 빛을 보게 되었다. 인쇄를 비롯한 모든 비용은 아셰르가 직접 댄 모양이었다. 코르시아 데이 세르비 서점의 안쪽 방 책장에는 팔리지 않은 그의 책이 언제까지고 산더미처럼 쌓여 있었다.

빚더미에 앉아버렸어. 이제 일해야지. 그렇게 말하며 아셰르는 한동안 밀라노를 떠났다. 코펜하겐에서 통역 비슷한 일거리를 얻었다고 했다. 그러고는 또 몇 달 동안은 영국에 있었다. 외국에서 돌아오면 그는 안도하는 말투로 역시 밀라노가 최고야, 하면서 페피노를 따라 우리집으로 들어왔다.

아셰르가 해결하고 싶어한 것이 빚 문제만은 아니라는 사실을 우리도 잘 알고 있었다. 그는 한 번 놓쳐버린 제 인생을 붙잡으려고 안달했던 것이다.

영국에서 돌아온 직후, 그는 우리가 생각도 못했을 만큼 중대한 결심을 하고, 큰아버지의 농장이 있는 아디스아바바로 떠났다.

●

불운

카를라가 서점 입구에 서서 페피노와 이야기를 나누고 있었다. 젊은 시절 후두결핵을 앓은 카를라는 목소리가 심하게 쉰 탓에 익숙해지기 전까지는 한 마디 한 마디를 알아듣기 힘들었다. 게다가 아주 성마른 성격이라 누가 뒤에서 쫓아오기라도 하는 양 말이 빨랐다.

가스토네가 또 도둑질을 하다가 경찰에 잡혔다는 이야기였다. 대체 무슨 일인지 모르겠어. 셋째가 태어나고 가스토네도 마음 잡은 줄 알았는데. 그렇게 말하며 카를라는 분한 듯 입술을 깨물었다.

코르시아 데이 세르비 서점을 창립하며 다비드는 '사랑의 미사'라는 자원봉사 모임을 만들었다. 미사에서 젠체하며 기도하는 것만이 능사가 아니라는, 다비드답게 다소 거친 취지가 녹아든 이름이었다. 그는 여러 원인으로 생활이 여의치 않은 사람들의 상담에 응하는 이 자원봉사 모임을 서점 업무의 일부로 편성했다. 자원봉사자들이 서점 동료와 의논해가며 일할 수 있게 해주려는 배려였다. 평소 접할 기회가 적은 서점의 인텔리 동료와 자원봉사자 부르주아 부인들은 이 활동을 통해 힘을 합쳐 일하게 되었다.

치아 테레사가 이 모임의 대표 역할을 했다. 다만 그녀는 미팅의 좌장을 맡을 뿐 실제 활동에는 거의 참여하지 않았고, 지도자 격인 사람은 사십대 후반에 체격이 듬직한 카를라 아주머니였다. 카를라는 거의 매일 서점 안쪽의 조그만 사무실로 나와서 사람들의 인생 문제와 씨름하고 휘둘리며 울거나 화내거나 하면서 정력적으로 일을 추진해나갔다. 마른 모래를 열심히 움켜쥐려는데 손가락 사이로 줄줄 새어나가버려. 모래는 또 아무리 집어내도 사라지지 않아. 카를라는 그런 말로 자기 일을 표현한 적이 있었다.

그녀는 오래전 이혼하고 도심의 집에 혼자 살고 있었다. 결혼한 지 얼마 안 되어 병이 나서 요양원에 가 있는 동안 남편은 다른 여자와 사랑에 빠졌다. 낫지 못할 줄 알았던 병에서 회복하고 남편과 헤어진 뒤로 카를라는 내내 혼자였다. 경제적으로는 불편할 것 없었지만 외로움을 무척 잘 타는 성격이라, 남을 보살피는 것을 삶의 보람으로 삼았다.

챙 없는 모자를 쓴 카를라가 서점 입구 옆, 한 단 높은 부분에 한쪽 발을 걸치고 페피노를 올려다보며 하는 말을 나는 옆에서 듣고 있었다. 화제에 오른 가스토네는 가장 보살피기 힘든 사람 중 하나였는데, 그만큼 카를라의 갈 곳 없는 애정을 한몸에 받고 있기도 했다. 그런 그가 며칠 전 스쿠터 한 대를 훔쳐서 경찰에 체포되었다는 것이다.

운이 나빴어요. 경찰에게도, 소식을 듣고 면회를 간 카를라에게도 가스토네는 그렇게 말하며 버텼다. 내 잘못이 아니에요. 하필이면 내가 지나는 길에 스쿠터가 버려져 있었으니, 운이 나빴을 뿐이에요. 난 도둑놈이 아니라고요.

카를라는 웃음을 꾹 참으며 이런 얘기를 들려주었다. 이런 일로 웃는 것은 자원봉사자로서 성실하지 못한 태도다. 그래도 자꾸 웃음이 나온다. 카를라의 얼굴에는 분명 그렇게 쓰여 있었다. 어떻게 생각해, 페피노? 자꾸 자기는 도둑이 아니라고 우기는데. 카를라는 큰 눈을 굴리면서 물었다.

가스토네는 또 몇 달간 갇혀 있겠지. 참 큰일이야. 가족은 어

떻게 하려나. 카를라가 말했다. 페피노는 어려운 답을 찾을 때
으레 그러듯 왼쪽 손등을 목에 대고서 이야기를 들었다. 그 역시
큰일이라고 말하면서도 얼굴로는 웃고 있었다. 가스토네는 서점
의 모든 이에게 골치 아픈 존재였지만, 항상 허술하게 풀어진 논
리에는 어딘가 애교가 있었다.

누가 장난으로 붙인 게 아닐까 싶을 만큼, 이탈리아인의 귀에
가스토네라는 이름은 우스꽝스럽게 들렸다. 하긴 가스토네 아무
개라는 미남 연극배우도 있으니 이름 자체가 구제불능은 아니
었을지 모른다. 그래도 그를 모르는 친구들과 있다가 가스토네
이야기가 나오면 다들 뭐, 설마 그거 본명이야? 하면서 깜짝 놀
랐다.

여기서 더 살이 빠지면 투명인간이 되지 않을까 싶을 만큼 가
스토네는 비쩍 말랐고 늘 안색이 나빴다. 아직 그럴 나이가 아닌
데도 등이 굽었고, 그림책 속 하멜른의 피리 부는 사나이처럼 깡
충깡충 걸었다. 전쟁고아로 토스카나 마렘마 지방의 노마델피아
라는, '소년의 거리'* 비슷한 시설에서 자랐다.


전쟁고아들이 제 손으로 경영하는 농장을 세우자는 생각을 한

---

* 고아나 불우 청소년 등이 모여 사는 미국 네브래스카 주의 공동체.

사람은, 종전 후 주로 이탈리아 북부에서 많은 사람들의 공감을 끌어냈던 돈 제노라는 사제였다. 처음에는 비옥한 에밀리아 지방에 어린아이들을 위한 마을을 만들려고 했는데, 막대한 빚을 지는 바람에 그 지방 유복한 농민들에게 사기꾼으로 몰려 마을에서 쫓겨났다. 이런 사정을 안타까워한 다비드가 빚의 일부를 대신 갚아주느라 고생했다는 이야기를 들은 적 있다. 몇 년 동안 아이들과 갖은 고생을 한 끝에 돈 제노는 토스카나 마렘마 지방의 넓은 토지를 제공받았다.

토스카나 남부, 지중해를 따라 펼쳐지는 마렘마 지방은 〈끔찍한 마렘마〉라는 옛 노래도 있을 만큼 황량하기로 유명하며, 물이 부족해 식물이라고 해봐야 양골담초나 노간주나무 같은 거친 관목밖에 자라지 않는다. 돈 제노는 그곳을 농지로 변모시켜 전쟁고아들의 낙원을 만들려 했지만 메마르고 광대한 토지는 그가 도시의 신도와 유지에게서 모아온 기부금을 남김없이 빨아들였다. 농업으로 자립하려면 정신이 아득해지는 세월이 예상되었다.

폐허에서 온 고아들은 대개 부부, 간혹 독신으로 이루어진 자원봉사자들을 아버지 어머니로 부르며, 그들이 생활하는 '집'에 몇 명씩 맡겨져 조금씩 '보통' 생활을 배워나갔다. 딱 하나 '보통'과 다른 점이 있었다. 바로 갖고 싶은 것을 손에 넣으려면 돈을 내야 한다는, 현대사회의 지극히 기본적인 경제상식을 모르고 자랐다는 것이다. 세상에서 격리되어 자란 그들은 성인이 되어 세상에 나가자 한동안 그 때문에 고생했다.

가스토네도 그중 한 사람이었다. 밀라노로 온 뒤로는 물건을 도둑맞지 않나 병이 들지 않나 좋은 일이 없었다. 그런 생활을 하다보니 좀도둑질이 먹을거리를 얻는 가장 빠른 길로 보였다.

게다가 가스토네는 참으로 어수룩한 도둑이었다. 매번 붙잡히고 마는 탓에 다른 좀도둑들도 한패로 끼워주려 하지 않았다. 인텔리파라고 할지, 예술파라고 할지, 훔치는 행위 자체를 즐기고 정교한 기교로 우열을 다투는 경향이 없지 않은 이탈리아의 전통적인 그쪽 세계에서 보면, 직접적이고 단순한 그의 도둑질은 싱겁기 그지없었다. 그뿐이랴, 경찰에 잡히는 데는 명수급이라며 카를라는 한탄했다. 그애는 밖에 있는 시간보다 안에 있는 시간이 더 길어. '안'이란 물론 교도소를 가리켰다.

그런 불안정한 처지로도 가스토네는 가정을 꾸렸고 아이가 셋이나 되었다. 혼자여도 힘들 마당에 가족까지 있다니, 거참. 카를라가 이렇게 불평하면 서점 친구들은 그녀를 나무랐다. 가정이 없었으면 가스토네는 더 막 나갔을 거야. 적어도 '나왔을 때' 돌아갈 곳이 있다는 건 큰 힘이거든. 그 말에 카를라도 그래, 물론 그야 그렇지만, 하며 신음했다.

가스토네의 아내 피누차는 그 못지않게 몸집이 작고 안색이 파리했다. 그래도 가스토네는 '나의 시뇨라'라며 애지중지했다. 문을 열 때도 피누차가 먼저 나가기를 공손하게 기다렸다. 어느 여름날 건설현장 옆을 지나던 가스토네가 '틀림없이 버린 줄 알았다'는 철사 다발을 훔치다 체포되자 걱정하던 피누차가 서점으로 전화를 걸어, 카를라 씨에게 경찰서로 가봐달라고 해주세요, 하고 부탁했다. 그 사람은 임신한 제게 조금이라도 좋은 음식을 먹이고 싶어서 그런 거예요.

곧 태어난 셋째는 딸이었는데 태어나자마자 심장에 결함이 있음이 밝혀졌다. 수술하지 않으면 일 년도 못 버틸 거라고 했다. 병원이란 사람이 죽을 때 실려가는 곳이라고 굳게 믿고 있던 가스토네와 피누차는 수술 전 몇 주 동안이나 제대로 식사도 하지 못했다.

갓난아기의 수술이 성공하고 안심할 겨를도 없이 이번에는 열 살 난 큰딸이 폐결핵에 걸려 입원했다. 가스토네와 피누차는 기차와 버스를 갈아타며 산악지방 요양원으로 큰딸을 데려갔다. 그 이야기를 듣고 나는 어쩌면 불운을 타고난 사람이 정말로 있을지도 모르겠다고 생각했다.

그런 가스토네가 이번에는 스쿠터를 훔친 것이다. 얼마나 더 혼이 나야 정신을 차릴지, 원. 카를라는 숨을 죽이듯 낮고 빠르게 내뱉었다. 그래도 하고 싶은 말을 다 하자 잠자코 페피노의 얼굴을 쳐다보았다. 눈에 눈물이 그렁그렁했다.

　물론 이런 일은 드물지 않았다. '사랑의 미사' 단골손님은 질리지도 않는지 꼬리를 물고 자원봉사자에게 걱정을 끼쳤다. 그런데도 카를라는 전혀 이런 일에 익숙해지지 못했다. 난생처음 겪는 일처럼 매번 놀라고, 발끈하고, 그들의 불운을 슬퍼했다.


　안젤라 때도 그랬다. 안젤라는 북부의 가난한 프리울리 지방에서 혼자 밀라노로 와서 아르바이트 등의 일을 했다. 서점에 '흘러들어'왔을 때는 스물네댓 살쯤이었을 것이다. 학교를 전혀 다니지 않았지만 음악에 비범한 재능이 있어서, 일류 레코드 회사에서 고전음악 레코드의 해설을 쓰는 아르바이트로 생계를 꾸렸다. 물론 그것만으로는 충분치 않아서 생활보호도 받고 있었다. 분열증으로 입원한 적이 있는데 당시 이탈리아에서는 그런 내역이 전과처럼 신분증명서에 따라다녔으므로, 어디서도 정직원으로 채용해주지 않았다. 카를라는 이때도 안젤라에게 푹 빠져 대놓고 그녀를 챙겼다.

　바흐나 베토벤과 병행해서 위궤양이며 노이로제, 빈혈증 등이 기하학무늬처럼 뒤엉켜 안젤라의 일상을 장식했다. 음악 이야기를 할 때는 그 분야에 조예가 깊은 가티마저 혀를 내두를 정도였는데, 나날의 생활에는 철저히 무능했다. 누구의 연주였는지는 모르겠지만 유명한 독일 레코드 회사에서 나온 바흐의 피아노곡 해설에 그녀의 이름이 적혀 있는 것을 보고 나는 눈을 의심했다. 존재감이 제로에 가까운 안젤라의 어디서 이런 지식과 논리와 문체가 흘러나오는 것일까. 배를 곯다 쓰러진 적도 많아서 몇 번이나 회사에서, 버스정류장에서 구급차로 병원에 실려갔다. 그때마다 병원으로 달려가는 사람은 카를라였다. 그러다 퇴원하면 어딘가 하루살이가 연상되는 불길하고 가냘프고 초췌한 얼굴로 서점에 나타나 이 사람 저 사람 붙잡고 뭔가에 홀린 듯이 음악 이야기를 해서 다들 피해다녔다.

여름휴가 시즌이 오자 카를라는 그녀를 노마델피아의 농장에 맡기기로 했다. 그곳 공동체의 생활 리듬과 시골 공기와 '가정'의 온기가 담배와 술과 음악에 갉아먹힌 건강을 되찾는 데 도움이 되리라는 생각이었다. 건강하지 못한 것을 건강으로 퇴치한다는, 지극히 전투적인 카를라다운 발상이었다.

카를라의 계획이 뜻대로 되지 못한 것은 그해 여름 하필이면 노마델피아로 휴가를 온 괴짜 작곡가 마리오 탓이었다. 예순이 다 되어가는 백발의 음악가를 만난 첫날부터 안젤라는 사랑에 빠져버렸다. 그는 이탈리아 유수의 오페라 극장에서 오케스트라 상임지휘자를 역임한, 어떤 의미에서는 백전노장이었다. 아내와 헤어지고 너를 음악평론가로 만들어 보이겠다며 마리오는 안젤라를 꼬드겼다. 가을이 되어도 안젤라는 밀라노로 돌아오지 않았다.

작곡가 마리오와 안젤라가 토스카나에서 살림을 차렸다는 소식에 카를라는 탄식을 금치 못했다. 안젤라를 빼앗아간 마리오는 그녀에게 시커먼 악마나 다름없었다. 작곡가는 무슨 작곡가. 그냥 딴따라 주제에. 서점에 와서 그렇게 말하며 씩씩거렸다. 그녀에게 마리오가 악마라면 안젤라는 이름 그대로 무구한 천사였다. 카를라는 자신이 보살피는 사람에게는 한없는 관용과 애정을 쏟는 사람이지만, 그밖의 인류에게는 그저 부르주아 부인이었다.

그래도 안젤라는 카를라에게 자주 편지를 보내왔다. 흐릿한 볼펜에 들쭉날쭉한 글씨체로 자신의 새로운 생활에 대해 두서없이 써내려간 것이었다. 새로운 생활이라지만 안젤라답게 일상 감각이 둔한 면은 여전했다. 먹을거리가 없어서 종일 누워만 있기도 한다는 구절에 카를라는 또 격분했다. 그래도 어느 편지나 마리오에게 사랑받아 행복하다는 말로 끝맺고 있어서, 카를라는 그렇다면 뭐, 하며 조금은 안심하는 눈치였다.

그런 안젤라가 아기를 낳았다. 임신중 영양실조에 시달린 탓에 산후 경과가 몹시 좋지 않았다. 안젤라가 가까스로 회복하기 시작한 어느 날, 작곡가 마리오가 심장마비로 급사했다. 프란체

스코라고 이름 붙인 갓난아기와 함께 안젤라가 고향 프리울리로 돌아갔다는 소식을 듣고, 카를라는 안젤라를 다시 밀라노로 불러오겠다고 우기며 서점 동료들을 애먹였다. 아이를 키우는 데는 밀라노 같은 대도시보다 지방 소도시가 나을 것이다, 사이는 좋지 않다지만 거긴 가족들도 있지 않느냐, 하며 다 함께 카를라를 뜯어말렸다.

이번 일요일 낮에 잔니가 찾아올 거야. 어느 날 페피노가 서점에서 돌아와 말했다. 이탈리아에서 잔니는 아주 흔한 이름이므로 그냥 잔니라고만 하면 누군지 알 수 없다. 광고 회사에 다니는 잔니 스피키도 있고, 나폴리에서 온 엔지니어 잔니 미트라도 있었다. 어떤 잔니냐고 묻자 아, 당신이 모르는 잔니야, 라고 했다. 이번 잔니는 집시였다.

페피노에게 집시 친구가 있다는 얘기는 들은 적이 없었다. 아니나 다를까 이 잔니는 카를라의 단골고객 중 하나였다. 이번 일요일에 교도소에서 나오는데 가족이 밀라노에 없으니 누가 먼저 맞아주면 좋겠어. 카를라가 그렇게 부탁해서 잔니가 우리집 점심 식탁에 앉게 된 것이다. 이 잔니는 좋은 사람이야, 하고 페피노는 말했다.

집시 잔니는 열여섯 살 아내에게 칼로 상해를 입혀 이 년 동안 교도소에 있었다. 문제를 일으켰을 때는 스무 살이었다.

이유가 있었다고 페피노는 말했다. 잔니가 말을 팔려고 다른 도시 시장에 나가 있는 동안 아내의 실수로 갓 태어난 아기가 죽어버렸다. 이동중 트럭이 흔들려서 아기를 눕혀둔 바구니가 바닥에 떨어졌는데 공교롭게 머리를 부딪히는 바람에 죽음에 이른 것이다. 둘의 첫아이이자 아들이었다. 집으로 돌아온 잔니가 사고 소식을 듣고 이성을 되찾았을 때는 아내에게 큰 부상을 입힌 뒤였다. 더군다나 누군가가 그 일을 경찰에 알렸다. 보통 집시들 내부의 사건은 밖으로 새어나가지 않는데, 평소 잔니를 미워하던 남자가 있는 모양이었다.

도저히 20세기 후반의 이야기 같지 않았다. 마치 프로스페르 메리메*의 소설 같았다.

그 일요일, 잔니는 흰색 부바르디아로 만든 작은 꽃다발을 들고 왔다. 부바르디아는 향기가 없는 꽃인데 잔니는 짐짓 점잔을 빼며 부인께 재스민을, 하면서 꽃다발을 건넸다. 건넨다기보다 바친다는 표현에 더 가까운, 연극적인 몸짓이었다. 그것도 우아한 연극. 새것처럼 하얀 와이셔츠에 거무스름한 피부색이 두드러졌다. 다 카를라 씨 덕분입니다, 하고 잔니는 몇 번이나 감사

---

* 19세기 프랑스의 사실주의 소설가.

의 말을 했다. 좋은 변호사를 붙여줘서 이 년 만에 나올 수 있었어요. 차입품도 자주 넣어주셨고요.

우리집에 오는 친구들은 다들 제 집처럼 편하게 식탁에 앉는데 잔니는 달랐다. 너무 예의를 차리는 통에 처음에는 우리까지 어색할 지경이었다. 그러나 이야기를 나눌수록 그도 점차 평소의 얼굴을 되찾았다. 잔니와 함께 제 집 식탁에 앉아 있는 느낌은 결코 나쁘지 않았다.

학생들이 문화혁명을 외치고 코르시아 데이 세르비 서점이 급격히 좌경화될 무렵, '사랑의 미사'와 서점의 관계도 꼬이기 시작했다. 그렇게 시혜를 베푸는 건 식민지적 발상이라는 비난에 자원봉사자 부인들은 분노했다. 좋아, 당신들 신세는 지지 않겠어, 하고는 성당 대문 반대쪽으로 사무실을 옮겨버렸다. 다비드는 부인들 편이었고, 카밀로는 서점 편을 들었다.

어느 날 밤 가티와 서점 친구인 톰과 나는 카를라의 집으로 초대받았다. 포르타 로마나 거리 근처의 아파트로 가니, 카를라는 상다리 휘어지게 음식을 차려놓고 기다리는 중이었다.

그날 밤 카를라는 똑바로 서지 못할 만큼 취했다. 짧지 않은 이탈리아 생활중 친구가 취한 모습을 본 것은 그때가 유일했다. 서점 이야기가 나오자 카를라는 울었다. 페피노가 살아 있었더라면, 하면서 하염없이 울었다. 결국 바닥에 주저앉아 울다가 다시 잔을 비웠다.

보통의 짐

'올해는 정말 많은 일이 있었어. 지금 타디노 거리에서 이 편지를 쓰는 중이야.'

도쿄로 돌아온 지 얼마 되지 않아 코르시아 데이 세르비 서점의 루치아 피니에게 편지를 받았다. 1971년 12월, 페피노가 죽은 지 오 년째 되는 겨울이었다. 그해 봄 서점이 대성당 근처 산카를로 광장에서 서민적인 부에노스아이레스 대로 뒤쪽으로 이전했고, 거리의 명칭을 따서 '타디노 거리 서점'이라는 낯선 이름으로 바뀌었다. 새로운 서점의 주인은 가톨릭노동조합 밀라노 본부였다.

평범한 흰색 타이프라이터 용지에 서점의 메모나 계산서 등에서 익히 봐온 비뚤고 서투른 글씨가 쓰여 있었다. 아마 백 명의 글씨 중에서도 금세 알아볼 수 있을 듯한 그녀의 독특한 글씨체가 반가웠다. 서점 동료들과 친구들의 근황 보고에 이어, 매상은 아직 궤도에 오르지 못했지만 학생들과 노동자들의 협력으로 조금씩 안정을 찾아가고 있다고 적었다.

아직 영 기세가 신통치 않은 서점 상황에 대한 편지를 읽고, 나는 이십 년의 실적을 수포로 돌리고 처음부터 다시 시작하느라 고생하고 있을 루치아를 생각했다. 상황은 그녀가 감당할 수 있는 수준을 완전히 벗어나 있었다.


루치아 피니는 다비드가 있던 시절부터 코르시아 데이 세르비 서점에서 가장 화려한 존재였다. 창립하고 곧 동료로 합류한 그녀는 서점의 다른 남자들과 거의 모든 면에서 분명하게 구별되었고, 덕분에 더욱 돋보였다. 동료들 중 유일하게 레지스탕스 활동에 관계한 이력이 없었고, 유일하게 부르주아 계급 출신이었다. 다비드와 카밀로, 가티, 페피노 모두 성격이 강하고 신경질적이고 바로잡기 힘들 만큼 꼬여 있는 인텔리였지만 루치아는 밝고 솔직하고 현실적인데다 키가 크고 자세가 반듯하고 약간 중성적인 느낌을 풍기는 미인이었다. 고생고생해서 겨우 대학에 들어간 남자들과 달리 그녀는 오랜 가풍에 따라 대학입학 자격시험 때까지도 집에서 가정교사의 교육을 받았다.

어째서 이렇게 이질적인 사람이 동료로 들어왔을까 의문스러울 정도였지만, 어찌 보면 건강하고 성실한 성격이라 서점의 정신적인 균형을 위해 없어서는 안 될 존재였는지도 모른다. 그녀 덕분에 서점은 사상과 문학적 편향에서 벗어날 수 있었고, 밀라노 상류사회 특유의 억양을 쓰고 고급스러운 옷차림을 한 그녀의 지인들과 친구들이 우리 서점에 다소 어울리지 않는 화려함을 더한 것도 사실이었다.

루치아는 학교를 졸업하고 한동안 부모와 함께 살았는데, 더는 아가씨라고 할 수 없는 나이가 되자 집안사람들의 간섭을 피해 도심에 작은 아파트를 빌려서 혼자 살기 시작했다. 작은 아파트라고는 하지만, 창밖에 녹음이 우거진 한적한 주택가에 있는 아파트는 값싼 물건들로 채웠다는 변명과 달리 근사한 가구들로 가득했고 누가 봐도 쾌적한 집이었기에 친구들 사이에서 선망의 대상이었다. 그래도 루치아는 매달 지출을 최소한으로 줄이고, 조금 사치스러운 물건을 샀을 때는 아버지한테서 돈을 빌렸다고 미안한 듯이 변명했다. 가난한 서점 동료들에 대한 나름대로의 배려였다. 그러나 서점에 오는 친구들이 스칼라 극장 공연 첫날 그녀를 만났다는 이야기를 하거나, "올해 가장무도회는 좀 재미있더라" 하고 그녀가 무심결에 내뱉을 때는, 루치아의 일상에 우리가 상상도 못하는 세계가 펼쳐져 있음을 알 수 있었다.

그래도 루치아가 서점 동료들 사이에서 겉도는 느낌은 없었다. 당시만 해도 아직 밀라노에 남아 있던 어두컴컴하고 누추한 선술집에 식사하러 갈 때도 기꺼이 따라왔고, 예의 없는 손님에게 적절히 대응해서 입을 다물게 만드는 요령도 터득하고 있었다. 서점 운영 면에서도 부지런한 루치아와 페피노의 조합이 절묘하게 기능했는데, 오전은 루치아, 오후는 페피노로 분담해 하루하루의 업무를 빈틈없이 해나갔다. 손님이 누가 이 서점의 주인이냐고 물으면 페피노는 싱글거리며 루치아라고 대답했고, 루치아는 페피노 없이 나 혼자선 도저히 못할 일이라며 겸손해했다. 비가 오고 바람이 불어도 루치아는 매일 정오 페피노에게 전화를 걸고, 오후에 가게로 나온 그와 인수인계를 했다. 단단한 신뢰가 뒷받침된 두 사람의 파트너십은 누구의 눈에나 이상적으로 비쳤다.

페피노의 죽음으로 루치아가 잃게 된 것은 둘도 없는 업무 파트너만이 아니었다. 대학을 졸업하자마자 일하기 시작해 거의 공기처럼 친숙해진 코르시아 데이 세르비 서점의 철학을 페피노의 부재 속에서 다시금 나름대로 생각해봐야 했다. 시대가 급변하고 있었으니 페피노도 살아 있었다면 언젠가 맞닥뜨릴 문제였을 것이다. 그러나 현실적인 루치아는 서점을 이끌어나갈 사상을 어디서 가져와야 할지 전혀 알 수 없었다. "몸을 쓰는 일이라면 뭐든지 하겠어. 하지만 내게 철학은 기대하지 마. 그건 당신들한테 맡길 테니까." 루치아는 자주 말했다. 다소 성급한 감이 있지만, 페피노 후임으로 '사상을 갖춘 사람'을 데려와야겠다는 것이 고심 끝에 그녀가 내린 결론이었다.

그리하여 협력자로 선택한 것이 다리오 미네티라는 남자였다. 처음에는 내가 일을 돕겠다고 했지만 루치아는 아무래도 남자 손이 필요하다며 거절했다. 그후 급한 대로 이리저리 아르바이트를 고용했으나 아무도 오래가지는 못했다. 결국 이 년여가 지난 뒤에야 미네티가 예전에 페피노가 일하던 시간대 입구 카운터에 앉게 되었는데, 그는 그전까지 서점 주위에서 찾아보기 어렵던 유형의 사람이었다.

몇 명의 후보자 중에서 이 년이나 되는 시간을 들여 루치아가 선택한 '남자 스태프'인 미네티는 어딘가 음침하고 신경질적이었다. 몸집이 작고 금테 안경을 쓰고 코맹맹이 소리를 내고 말이 빨랐다. 책상 앞에 구부정하니 앉아 매상을 계산하는 뒷모습을 보면 러시아 단편소설에 나오는 불운한 서기가 떠올랐다. 불친절한 편은 아니었지만, 미네티가 온 뒤로 코르시아에 책을 사러 가면 왠지 그의 일을 방해하는 느낌이 들곤 했다.

한 가톨릭 좌익 그룹의 리더를 맡기도 했던 미네티는 사회당 노조보다 급진적이라는 평을 듣는 가톨릭노동조합 좌파와도 깊은 관련이 있었고, 그 방면의 책도 몇 권 냈다. 원래는 신부였는데 교회의 가치관에 반대해 성직을 버리고 가정을 꾸려서 지금은 갓난아기도 있었다. 마땅한 일자리가 없어 생활고를 겪던 그를 서점에 추천한 사람은 다비드였다. 그 녀석이 문필활동을 좀 더 할 수 있도록 도와주고 싶은데. 서점에서 한나절이라도 일하게 해줄 수 없을까? 여느 때처럼 성급하고 일방적인 요청이었지만, 어느 후보자보다 사상적 입장을 명확히 표명했던 미네티는 루치아에게 오히려 일종의 안도감을 준 듯했다. 그러나 루치아와 절친한 사이인 안나 아레시를 비롯한 부르주아 여자 친구들은 하나같이 미네티를 멀리했다. 루치아에게 대놓고 말하지는 않았지만 '왠지 모르게 무섭다' '험악해 보인다'는 의견이었다. 가티 또한 미네티의 차가운 성격을 싫어해서 그의 근무시간에는 서점에 나타나지 않았다. "밖에서 보자"며 우리를 불러내어 다른 서점에서 만나기도 했다.

카밀로만 아무 말도 하지 않았다. 루치아의 선택을 잠자코 존중해준 것일까. 아니면 밀라노 지식인들이 하나같이 문화혁명에 매료되어 있던 당시의 풍조에 명철한 판단력이 흐려진 것일까. 미네티의 시선 어딘가에 느껴지는 광신적인 구석을 일에 대한 열의라고 선의로 해석해준 것일까. 그때 우리가 '어딘지 모르게' 위화감을 느끼던 미네티의 과격한 노선이 끝내 코르시아 데이 세르비 서점의 이상을 서서히 침식해가리라고는 누구도 상상하지 못했다.

미네티가 온 뒤로 카밀로는 주초에는 꼭 고향인 산골 마을에서 내려와 코르시아에 머물렀다. 특별히 서점 일을 도운 건 아니었다. 좁은 안쪽 방에서 책을 읽거나 번역을 하거나 사람들을 만났다. 그래서 루치아도 안심했던 모양이고, 서점은 전체적으로 조금씩 안정되어갔다. 혼자 있기 지루해지면 가게로 나와서 바쁜 루치아를 대신해 손님을 맞았다. 어차피 대부분 예전부터 알고 지내는 친구들이었다. 퇴근길에 카밀로를 찾아 서점에 들르던 친구들은 그가 규칙적으로 밀라노에 오게 된 것을 기뻐했다.

밀라노로 오면 카밀로는 서점 뒤쪽 세르비 수도원에 묵으며 아침마다 삼십 분쯤 걸어서 페라리 광장까지 루치아를 마중 나갔다. 너무 이른 시간에 도착하면 충실한 개처럼 집 앞에 가만히 서서 그녀가 나오기를 기다렸다. 푸르른 여름이 끝나고 안개의 계절이 찾아와도 카밀로는 꾸준히 마중을 나갔다.

우리가 우연히 그 사실을 알게 된 것은 루치아 본인을 통해서였다. 어느 날 동료 몇 명이 모여 식사를 하는데 몹시 난처하다는 표정으로 털어놓은 것이다. "지겹다니까. 보기 그렇잖아. 딱히 아무 사이도 아닌데. 그러지 말라고 해도 도무지 들어먹어야 말이지." 그러나 '아무 사이도 아니'라는 것은 루치아만의 생각임을 우리는 알고 있었다. 루치아를 나름대로 이십 년 동안 사랑해온 카밀로에게 그것은 전에 없이 대담한 표현이었던 것이다. 쉰이 넘은 나이에 아침 안개 깔린 거리에서 홀로 등을 펴고 루치아를 마중하러 걸음을 서두르는 카밀로의 모습은 상상만으로도 훈훈했다. 더군다나 결코 그 이상 나아가려 하지 않았다. 카밀로는 그런 사내였다. 우리는 그런 사실도 잘 알고 있었다. 또한 가문이나 재산을 중시하는 루치아가 스위스 국경의 산골 마을 철도원의 아들인 카밀로에게 결코 그 이상을 허락하지 않으리라는 것도 알았다. 그러므로 더더욱 그 아침 시간만은 카밀로가 행복하게 즐길 수 있기를 남몰래 바랄 뿐이었다.

1970년 가을 무렵부터 과격화된 학생운동이 수렁에 빠지고 사회에 불온한 상태가 이어졌다. 교회 당국은 그 와중에도 계속해서 젊은이들 편에 서온 코르시아 데이 세르비 서점을 감시하기 시작하더니 어느 날 갑자기 일방적인 통고를 했다. 모든 정치활동을 포기하든지 아니면 떠나든지 조속히 결정하라고. 서점은 모임을 거듭하며 끝없는 논의를 이어갔고, 결국 이십 년간의 활동의 장을 버리고 떠나기로 결정했다. 그뿐이 아니었다. 교회측은 한발 더 나아가 서점 이름도 포기하라고 몰아붙였다. 코르시아 데이 세르비 서점은 명실공히 교회에서 넘겨받아 이어나갈 것이니 사람들만 나가라는 것이었다. 이런 태도는 아무리 봐도 횡포였고, 동료들에게 참을 수 없는 굴욕이었다. 그렇게 일방적인 요구에 어째서 법적인 대응을 못했는지 나는 잘 모른다. 가타나 나는 이미 서점의 과격 노선을 도저히 따라가지 못해 반쯤 포기한 상태였고, 우리와 같은 생각인 친구도 많았다. 결국 신참 실력자 미네티가 서점을 옮길 장소를 교섭하고 결정하게 되었다.

종전 후의 혼란 속에서 다비드의 발상으로 시작해 그의 동료들이 이어받은 코르시아 데이 세르비 서점은 이렇게 생각지 못한 종언을 맞았다. 내게는 이것이 루치아만이 아니라 서점 동료들 모두가 뒤늦게 찾아온 청춘의 날에 몰두했던 즐거운 '놀이'의 끝으로만 여겨졌다. 타디노 거리로 이전하고 한동안은 루치아나 카밀로나 서점을 존속시키려는 사명감으로 버텨나갔다. 다 함께 쌓아올린 서점을 무로 돌려서는 안 된다며 열과 성을 다했다. 그러나 이론만 앞세우는 미네티의 태도는 궁극적으로 두 사람이 받아들일 수 없는 늪과도 같았다. 하루하루의 사소한 행동, 작은 생각의 차이로 그 사실은 점점 더 명확해졌다. 이전하면서 슈퍼마켓 계열 백화점에서 구입해 급조한 책장은 몇 년이 지나도 겉돌 뿐 서점에 녹아들지 않았다. '문화혁명' 무렵 부르주아와 결별한다는 대담한 선언에 한동안 서점에 발길을 끊었던 유쾌하고 대범한 친구들도 사회가 안정을 되찾자 하나둘 서점으로 돌아왔다. 루치아와 카밀로는 그런 친구들을 만날 때는 미네티가 없는 시간을 택하는 요령을 익혔다.

일단 일본으로 돌아온 나는 1975년부터 다시 밀라노를 찾았는데, 그때마다 루치아는 조금씩 변해갔다. 그녀는 자기 생활과 서점을 이전보다는 훨씬 확실히 구별하며 사는 듯 보였다. 서점은 이제 그녀에게 영웅들의 전장이 아니라 그저 피할 수 없는, 누구나 인생에서 짊어지고 있는 보통의 짐이었다. 이제 어쩔 수 없어. 몇 번이고 그렇게 말했다. 그 표정에는 서글픈 체념이 아닌, 성숙이 가져온 조용한 안정감이 있었다.

주말이면 그녀는 부모에게서 물려받은 베로나 영지의 별장에 틀어박혀 여러 출판사에서 청탁받은 번역 일을 했다. 그 방면으로도 제법 이름이 알려진 모양이었다. 그리고 카밀로가 산에서 내려오는 월요일이면 서점 관리를 위해 밀라노로 돌아갔다.

용돈이 모자라서 또 부모님에게 빌리고 말았다며, 가난한 동료들을 배려해 부러 호들갑을 피우던 루치아의 모습은 머나먼 꿈처럼 보였다. 세련된 아파트의 식탁에서 나를 대접하고, 직접 만든 자몽 마멀레이드의 레시피를 자세히 가르쳐주던 그녀의 머리에도 어느새 흰머리가 부쩍 늘어나 있었다.

다비드에게—후기를 대신하여

2월 6일 목요일 다비드가 세상을 떠났다. 밀라노의 친구가 전화로 알려주었다. 마침 얼마 전, 작년 여름부터 써온 이 글들이 한 권의 책으로 윤곽을 잡아가기 시작한 무렵이었다. 비보를 듣고 나는 운명의 장난에 망연해졌다. 책을 쓰기 시작한 작년 9월에는 지금의 타디노 거리 서점, 즉 코르시아 데이 세르비 서점이 경영난 끝에 다른 사람 손에 넘어갔다는 소식을 들었다. 태풍이 불러온 호우가 내리던 밤 저녁식사에 동석한, 밀라노에서 온 초면의 여행자가 알려주었다. '타디노 거리 서점'의 단골이라던 그녀는 이십 년 전 내가 그 서점과 인연이 있었다는 사실을 알고 깜짝 놀랐다. 루치아 역시 중병이 들어 다시 일어나기 어려울 것 같다는 이야기도 해주었다. 지은이가 책의 결말을 쓰기도 전에 현실이 앞질러버리다니, 어쩌면 이런 일이 다 있을까.

다비드와는 이십 년 전 산속 수도원에서 헤어진 후로 다시 만나지 못했다. 몇 년 전 악성종양으로 수술을 받았고, 언제 최악의 사태가 닥쳐도 이상하지 않은 상태라는 얘기를 이탈리아에 갈 때마다 친구들을 통해 들었다. 그러나 다비드도 루치아도 그런 연락을 전혀 하지 않았고, 나도 위문편지 같은 것은 쓰지 않았다. 1975년쯤부터 거의 매년 밀라노에 들렀는데 베르가모 산으로 그를 찾아가지도 않았다. 그러다 결국 이런 비보를 듣고 말았다.

작년 11월 로마에 갔을 때 『마지막 시집』이라는 다비드의 책이 여러 서점에 진열된 것을 보고 감격했다. 그의 시집이 이렇게 눈에 띄는 장소에서 팔리는 광경을 처음 보았기 때문이다. 가르잔티라는 대형 출판사에서 출간된 회색 표지의 그 책은, 어느 서점에 가든 시집치고는 제법 눈에 띄는 자리에 놓여 있었다. 내가 그곳에서 다비드의 책이 팔려나가는 것을 마치 남의 일처럼 보고 있다는 사실이 묘하게 애달팠다. 사실은 나 자신이 그 책 안에 있는 듯한, 책 안에서 서점에 오는 사람들을 보고 있는 듯한 기분이 들었다.

그래도 그의 시학이 현시점의 나와는 멀리 떨어져 있으리라는 것은 책을 읽지 않아도 대충 상상이 갔다. 첫 시집 『나에게는 손이 없다』 이후 반세기 가까운 세월이 지났다. 전쟁중의 저항운동에서 태어난 작품을 모은 그 책을 어두운 산길을 비추는 서치라이트 삼아 전후의 한 시대를 한 발 한 발 나아간 이들이 있었다. 그것이 출발점이었다. 그후 우리는 한동안 함께, 이윽고 뿔뿔이 흩어져 각자의 길을 걸었다.

산더미처럼 쌓인 다비드의 시집 옆에 한동안 서 있다가, 주위에 사람들이 없어지기를 기다려 한 권 집어들고 펼쳐보았다. 속표지에는 오랫동안 옆을 지켜준 친구 카밀로에게 이 책을 바친다는 헌사가 실려 있고, 표지 날개에는 다비드 마리아 투롤도, 1916년 프리울리에서 태어남, 코르시아 데이 세르비 서점의 창립자, 라고 쓰여 있었다. 그것만 읽어도 왠지 안심이 되었다. 시집을 사지 않아도 그걸로 충분했다.

나의 다비드는 앞으로도 계속 그 큰 덩치를 움직여, 롬바르디아 평야가 내려다보이는 산속 수도원 사무실에서 젊은 수도사들을 큰 소리로 꾸짖고, 커다란 손으로 작은 잔에 그라파를 따라 이른 아침부터 벌컥벌컥 들이켜며 시를 쓰고, 보름달이 뜬 밤에는 중세의 탑이 그림자를 드리운 광장의 돌바닥에서 친구에게 이별을 고할 것이다.

다비드의 죽음을 전화로 알려준 친구에게 신문 기사를 읽어달라고 부탁했다. 그는 장례미사 참석자 이름을 하나하나 천천히 읽어주었다. 카밀로를 비롯해 이 책에 나오는 사람들의 이름도 몇몇 있었다. 기억 속 그들의 사소한 몸짓이나 걸음걸이 같은 버릇이 천천히 내 안을 스쳐갔다. 내가 모르는 이름도 있었다. 아마 다비드가 밀라노에서 산속 수도원으로 떠난 후에 가까워진 사람들일 것이다. 장례식은 페피노 때처럼 밀라노 대성당에서 가까운, 우리의 코르시아 데이 세르비 서점이 자리를 빌려 썼던 산카를로 성당에서 치러졌다. 어두운 성당에 놓인 관을 비추는 촛불과 일렁이는 그림자 속 붉은 장미 다발도, 제단에 피워둔 침향의 향기도 아마 그때와 같았으리라.

우리는 코르시아 데이 세르비 서점이 우리가 추구하는 세계 자체인 양 그곳에서 이런저런 이상향을 그려갔다. 서점을 처음 시작한 다비드도, 그의 주위를 지키던 친구들도 비슷했을 것이다. 젊은 우리는 각자 마음속 서점의 모습이 미묘하게 다르다는 사실을 무시하고 외곬으로 나아가려고만 했다. 우리의 차이는 인간이라면 누구나 궁극적으로 지니고 살아야 하는 고독과 이웃하고 있으며, 각자 자신의 고독을 확립해야만 인생을 살아갈 수 있다는 것을, 적어도 나는 오랫동안 이해하지 못했다.

젊은 날 마음속에 그린 코르시아 데이 세르비 서점을 서서히 잃어감으로써, 우리는 조금씩, 고독이 한때 우리가 그토록 두려워했던 황야가 아님을 깨달았던 것 같다.

옮긴이 **송태욱**
연세대학교 국문과를 졸업하고 같은 대학 대학원에서 문학박사 학위를 받았다. 도쿄 외국어 대학원 연구원을 지냈다. 지은 책으로 『르네상스인 김승옥』(공저)이 있고, 옮긴 책으로 『십자군 이야기』(전3권) 『세설』 『잘라라, 기도하는 그 손을』 『나는 고양이로소이다』 『환상의 빛』 등이 있다.

문학동네 세계문학

코르시아 서점의 친구들

1판 1쇄 2017년 3월 6일 | 1판 3쇄 2023년 2월 20일

지은이 스가 아쓰코 | 옮긴이 송태욱
책임편집 양수현 | 편집 황문정 박아름 | 독자 모니터 강정은
디자인 최정윤 이원경 | 저작권 박지영 형소진 이영은
마케팅 정민호 이숙재 김도윤 한민아 이민경 안남영 김수현 왕지경 황승현 김혜원
홍보 함유지 함근아 박민재 김희숙 고보미 정승민
제작 강신은 김동욱 임현식 | 제작처 한영문화사(인쇄) 경일제책사(제본)

펴낸곳 (주)문학동네 | 펴낸이 김소영
출판등록 1993년 10월 22일 제2003-000045호
주소 10881 경기도 파주시 회동길 210
전자우편 editor@munhak.com | 대표전화 031) 955-8888 | 팩스 031) 955-8855
문의전화 031) 955-1927(마케팅) 031) 955-2684(편집)
문학동네카페 http://cafe.naver.com/mhdn
인스타그램 @munhakdongne | 트위터 @munhakdongne
북클럽문학동네 http://bookclubmunhak.com

ISBN 978-89-546-4322-1 03830

www.munhak.com